MASKENMORD

MASKENMORD

ELKE BERGSMA

Zum Buch

Die Begeisterung von Hauptkommissar David Büttner hält sich in Grenzen, als seine Frau Susanne darauf besteht, mit ihm gemeinsam zu Silvester einen Kostümball zu besuchen. Einzig das angepriesene Büffet kann ihn über die Aussicht hinwegtrösten, diesen Abend zwischen karnevalistisch verkleideten Gestalten verbringen zu müssen. Doch ist ihm letztlich selbst das kulinarische Vergnügen nicht vergönnt, da inmitten des Party-Gewühls plötzlich ein Mann erschossen am Boden liegt.

Zunächst scheint es für den Mord an dem jungen, zurückgezogen lebenden Landwirt keinerlei Motiv zu geben – doch je mehr sich Büttner und sein Assistent Sebastian Hasenkrug mit dem persönlichen Umfeld des Opfers befassen, desto umfangreicher wird auch die Summe der Verdächtigen.

Zur Autorin

Elke Bergsma, Jahrgang 1968, Ostfriesin, freut sich, dass sie sich aufgrund des großen Erfolgs ihrer Ostfrieslandkrimis ihren Traum, vom Schreiben leben zu können, erfüllen konnte.
www.elke-bergsma.de

In dieser Reihe erschienen auch:
„Windbruch", Ostfrieslandkrimi
„Das Teekomplott", Ostfrieslandkrimi
„Lustakkorde", Ostfrieslandkrimi
„Tödliche Saat", Ostfrieslandkrimi
„Dat witte Lücht", Ostfriesland-Kurzkrimi
„Puppenblut", Ostfrieslandkrimi
„Stumme Tränen", Ostfrieslandkrimi
„Schweigende Schuld", Ostfrieslandkrimi
„Fluchträume", Ostfrieslandkrimi
„Brandwunden", Ostfrieslandkrimi
„Strandboten", Ostfrieslandkrimi

Impressum
Copyright: © 2015 Elke Bergsma, www.elke-bergsma.de
Korrektorat: Michael Mogel
Cover: Susanne Elsen, www.mohnrot.com
unter Verwendung eines Fotos von © deamles for sale/shutterstock.com

ISBN 10: 152325176X
ISBN 13: 9781523251766

1

Ein Blick aus dem Fenster sagte ihm, dass es schneite. Und regnete.

Ein weiterer, mit zusammengekniffenen Augen erfolgter Blick bestätigte ihm seine Befürchtungen: Jetzt, da es dunkel war, bildete sich auf den Straßen eine tückische Allianz aus Eis und Schneematsch. Diese würde – so konnte er es am nächsten Tag mit an Sicherheit grenzender Wahrscheinlichkeit im Polizeibericht nachlesen – Verkehrsunfälle der unterschiedlichsten Kategorien, sprich vom Blechschaden über Knochenbrüche bis hin zu Todesfällen, nach sich ziehen. Daran würde vermutlich auch der Streudienst, der soeben mit seinem orange blinkenden Fahrzeug um die Ecke bog und Tonnen von Salz auf den Straßen verteilte, nicht allzu viel ändern.

Hauptkommissar David Büttner seufzte schwer, ließ sich auf einen der Küchenstühle sinken und nippte an seinem Kaffee, den er sich frisch aufgebrüht hatte. Ja, dies war wieder einer dieser Tage, die man, wenn es nach ihm ginge, längst aus dem Kalender gestrichen hätte. Einer dieser Tage, an denen er sich am liebsten bereits beim Aufwachen die Decke über den Kopf gezogen hätte und im Bett geblieben wäre. Im Gegensatz zu Frau und Tochter natürlich, die das beim Frühstück noch so traute familiäre Zusammensein gar nicht früh genug in hektische Betriebsamkeit hatten abgleiten lassen können, gab es ihrer Ansicht nach *doch noch sooooooo viel zu tun.*

Es war Silvester.

Büttner hatte gehofft, dass er diesen Tag wie im letzten Jahr gemeinsam mit seiner Frau Susanne und einem befreundeten Ehepaar gemütlich bei einem Fondue verbringen würde. Um Mitternacht würden sie dann mit einem Glas Sekt auf das neue Jahr anstoßen und sich kurz darauf ins warme Bett zurückziehen.

Doch weit gefehlt. Als er seiner Angetrauten vor einigen Tagen einen entsprechenden Vorschlag unterbreitet hatte, hatte sich Susannes Stirn von einem Moment auf den anderen in ein einziges Faltenmeer verwandelt, und sie hatte mit hörbar frostiger Stimme geantwortet: „David, nun sag nicht, dass du den Maskenball vergessen hast!"

Doch. Hatte er. Obwohl das Verb *vergessen* die Sache nicht so recht auf den Punkt brachte, wie er fand. *Verdrängen* wäre in diesem Fall wohl der passendere Ausdruck gewesen. Denn was, in Dreiteufelsnamen, hatte er, David Büttner, auf einem Maskenball verloren!? Und warum hätte er über dieses völlig abstruse Ansinnen Susannes auch nur einen Moment lang nachdenken sollen? Für ihn hatte es doch von Anfang an festgestanden, dass er lieber alleine zu

2

Hause blieb als sich in irgendeiner Maskerade zum Affen zu machen.

Jedoch kam das für seine werte Gattin natürlich gar nicht in die Tüte.

„Eine Leiche", murmelte er vor sich hin, während er Frau und Tochter im Nebenzimmer gut gelaunt miteinander schnattern hörte, „eine Leiche wäre jetzt genau das Richtige." Nicht ohne Neid sah er zu seinem Hund Heinrich hinüber, der gerade ein wohliges Knurren von sich gab, einmal herzhaft gähnte und sich dann genüsslich in seinem Korb umdrehte und weiterschlief.

Schon den lieben langen Tag hatte Büttner in der Hoffnung auf ein erlösendes Klingeln auf sein Handy gestarrt. Am Mittag dann – endlich! – war es soweit gewesen. Begleitet von den Verwünschungen seiner Frau hatte er sich eilends in den Emder Vorort Larrelt begeben, in dem ein Mann seine Nachbarin tot aufgefunden hatte. Doch nach einigem Hin und Her hatte sich zu seinem Bedauern herausgestellt, dass es sich bei der Toten wohl um eine junge Frau handelte, die ihrem Leben freiwillig ein Ende gesetzt hatte, da sie, wie sie es in ihrem Abschiedsbrief vermerkt hatte, keine Lust mehr *auf das ganze Trara* habe.

Also war er wieder nach Hause gefahren, um sich in sein Schicksal zu ergeben. Immerhin hatte Susanne ihm zugestanden, dass er in dieser Nacht lediglich einen schwarzen Anzug trug und sich eine aus Venedig mitgebrachte Pestmaske vor das Gesicht schob, anstatt sich als Cowboy, als Batman oder gar – wie seine Tochter Jette nach einem Blick auf seine

Leibesfülle vorgeschlagen hatte – als Pu der Bär ins Silvestervergnügen zu stürzen.

„Bist du fertig?", hörte er Susanne in seine Gedanken hinein sagen, doch noch bevor er etwas antworten konnte, schob sie auch schon in dem typisch tadelnd-autoritären Tonfall der Pädagogin hinterher: „Du hast ja noch nicht mal deinen Anzug an, David! Es war doch abgemacht, dass wir uns um halb sieben auf den Weg machen!"

„Ups. Da hab ich wohl die Zeit vergessen", erwiderte Büttner und sah seine als Cleopatra verkleidete Frau mit Unschuldsmiene an. „Gut siehst du aus", versuchte er sie mit einem Lächeln zu beschwichtigen.

„War ja klar, dass du wieder die Spaßbremse gibst", maulte Jette, als sie nun als…ja, als was denn eigentlich?…zur Tür hereinkam.

„So willst du aber nicht in der Öffentlichkeit herumlaufen!", entfuhr es Büttner, und er musterte seine zwanzigjährige Tochter entgeistert von oben bis unten. Ihre schlanken Beine steckten in transparenten schwarzen Nylonstrumpfhosen. Ihr Oberkörper wurde mehr schlecht als recht von einem schwarzen Body mit hohem Beinausschnitt bedeckt, an dessen hinterem Ende ein dunkles Etwas hinabbaumelte. In ihrem blonden Haar hatte sie zwei spitz zulaufende, plüschige Dreiecke befestigt, ihre Füße steckten in High heels mit extrem hohem Absatz, für die sie nach Meinung ihres Vaters einen Waffenschein hätte beantragen müssen. Außerdem hatte sie ihre Nasenspitze schwarz angemalt und sich irgendwelche Striche über die Wangen gepinselt.

Jette verdrehte die Augen. „Hallo? Papa? Es ist ein Maskenball, okay?"

„Ach ja?", konterte Büttner, „und da muss man sich gleich als…als…"

„Katze", half ihm seine Frau auf die Sprünge.

„Ja, genau, als…das soll eine Katze sein?", unterbrach er sich selbst. „Leidet die etwa unter Haarausfall, oder was?"

„Sehr witzig." Jette zog einen Schmollmund.

„Findest du es richtig, dass das Kind so aufreizend zu einer Party geht?", wandte sich Büttner an seine Frau.

„Das Kind ist seit geraumer Zeit volljährig und kann damit selbst entscheiden, was es trägt", seufzte Susanne.

„Mein Sohn ist sechzehn. Er sitzt und spricht", zitierte Jette daraufhin mit einem breiten Grinsen einen Satz aus Loriots *Papa ante Portas* und fügte dann hinzu: „Wir, also meine Freunde und ich, gehen als Bremer Stadtmusikanten. Ohne Katze geht das ja wohl schlecht."

Büttner deutete auf ihre Schuhe und schnaubte: „Na, der Köter, dem du beim Turmbau diese Absätze in den Rücken rammst, tut mir jetzt schon leid. Da wünsche ich dir aber, dass der Gockel flache Turnschuhe bevorzugt."

„Also, was ist, David, könntest du dich jetzt bitte mal umzuziehen, anstatt hier den Moralapostel zu geben?" Susanne warf einen ungeduldigen Blick auf die Uhr.

Büttner machte eine wegwerfende Handbewegung. „Fahrt schon mal vor, wenn ihr es so eilig habt. Ich komme dann mit `nem Taxi nach. Aber rast nicht so. Es ist glatt."

Susanne zögerte einen kurzen Moment, dann schürzte sie die Lippen und erwiderte: „Na gut. Aber wenn du bis um halb acht nicht beim Ball bist, beziehe ich ab morgen Witwenrente. Nur, damit das klar ist." Mit diesen Worten schmiss sie den Kopf in den Nacken und stolzierte, ihrer royalen Aufmachung angemessen, davon.

„Ach, Heinrich, aus der Nummer komme ich wohl nicht mehr raus", seufzte Büttner, als er wenig später alleine im Haus war und seinem inzwischen erwachten Hund den Nacken kraulte. Dem aber schienen die Probleme seines Herrchens reichlich egal zu sein, denn er trottete nun zu seinem Napf und ließ kurz darauf ein vorwurfsvolles Winseln vernehmen, weil er in diesem kein Futter vorfand.

„Du hast ja recht", nickte Büttner verständnisvoll, griff nach dem Beutel Trockenfutter und schüttete eine viel zu große Menge in den Blechnapf. „Was soll aus uns Männern werden, wenn wir uns nicht selbst um uns kümmern?"

Mit schmalen Augen linste er zum Kühlschrank hinüber. Ob auch er sich noch etwas zu essen gönnte? Aber hatte Susanne nicht irgendwas von einem Büffet gesagt? Oder war das bei anderer Gelegenheit gewesen? Was, wenn er die ganze Nacht auf dem Ball war und es nichts zu essen gab? Nicht auszudenken, was dann mit seinem ohnehin schon angeschlagenen Gemütszustand passieren würde!

Büttner gab einen grunzenden Laut von sich, griff nach seinem Laptop und googelte so lange, bis er die Homepage zur Veranstaltung gefunden hatte. Zu seiner Freude wurde bereits auf der Startseite auf ein reichhaltiges Büffet hingewiesen, das – so stand es dort allen Ernstes! – orgiastische Gaumenfreuden versprach.

Wow, dachte er zufrieden und rieb sich den knurrenden Bauch, vielleicht war solch ein Silvesterball unter gewissen Umständen ja doch ganz gut zu ertragen. Nun sollte er sich aber schleunigst auf die Socken machen, bevor der Rest der Festgesellschaft ihm womöglich die leckersten Häppchen vor der Nase wegaß!

2

„Was soll denn jetzt das sein?", fragte Susanne irritiert, als sich ihr Mann um kurz vor halb acht mit einem prall gefüllten Teller in der Hand neben sie stellte und sich genüsslich eines der Canapés in den Mund schob.

„Allerhand", antwortete er schmatzend. „Lachs, Garnelen, Roastbeef…"

„Nicht das Essen. Was das ist, sehe ich selbst. Ich meine deine Maskierung", stellte sie schnell richtig.

„Moin, Herr Kommissar", erklang es gleich aus zwei Richtungen, noch bevor Büttner auf die Frage seiner Frau antworten konnte.

„Moin", nickte er zurück, bar jeder Ahnung, um wen es sich bei Dracula und Schneewittchen, die ihn ganz offensichtlich kannten, im wahren Leben handeln könnte.

„Ach so", sagte er dann, „ich hab die Pestmaske nicht gefunden. Aber beim Suchen geriet mir das hier zwischen die Finger."

„Na, das nenne ich ja mal eine gelungene Verkleidung, Herr Kommissar", mischte sich nun

Paulchen Panther im Vorbeigehen ins Gespräch, „da haben Sie sich ja mal richtig Mühe gegeben. Respekt!"

„Siehste, so macht man sich zum Gespött der Leute", bemerkte Susanne angebissen.

„Maske ist Maske", knurrte Büttner, während er herzhaft in ein Stück Quiche biss.

„*Das*", zeigte Susanne nun mit spitzem Finger auf seine von der Maske schwarz umrandeten Augen, „ist eine Kindermaske. Jette hat sie in der Grundschule getragen, als sie sich als Räuber verkleidet hatte."

„Ach so?" Büttner zog sich die Maske vom Gesicht und betrachtete sie ausführlich. „Kann sein", nickte er dann. „Ich fand tatsächlich, dass sie ein wenig eng saß. Hab dann schnell ein neues Gummiband eingezogen. Nun geht`s." Er setzte sie wieder auf.

„Hey, Paps, gehst du nun als Waschbär, oder was?", ließ sich Jettes Stimme neben ihm vernehmen, und noch ehe er sich`s versah, hatte sie ein Lachs-Häppchen von seinem Teller stibitzt und schob es sich in den Mund.

„Moin, Herr Kommissar", sagte in diesem Moment ein Mann mit sauerstoffgebleichtem Haar und Sonnenbrille.

„Den kenne ich", stellte Büttner fest, „das ist Heino. Wusste gar nicht, dass der auch kommt. Hat allerdings eine viel hellere Stimme als sonst."

„Dies ist ein Maskenball, Papa, darum ist das nicht wirklich…", legte Jette los, ihr Vater jedoch schnitt ihr mit einer Geste das Wort ab. „Weiß ich doch. War ein Witz."

„Und warum gehst du nun als Waschbär?", ließ sich Jette nicht beirren.

„Papa geht als Räuber", antwortete stattdessen ihre Mutter und verzog spöttisch das Gesicht. „So wie du damals in der dritten Klasse. Erinnerst du dich?"

„Stimmt", nickte Jette, „die Maske kam mir gleich so bekannt vor. Krass. Ist nur ein bisschen peinlich, mit einer Kindermaske rumzulaufen, oder?"

„Maske ist Maske", wiederholte Büttner.

„Moin, Herr Kommissar", rief Pippi Langstrumpf und winkte über die Köpfe hinweg zu ihnen herüber.

„Na, ganz toll", seufzte Susanne. „An diesem Abend hat sich wirklich jeder Mühe gegeben, zumindest erst auf den zweiten Blick erkannt zu werden. Nur mein werter Gatte, der geht als er selbst. Deutlicher hättest du deine Ablehnung wohl nicht dokumentieren können."

„Ablehnung?" Büttners Augen wurden hinter der Maske kugelrund. „Ich weiß gar nicht, was du hast. Das Essen ist super. Ich geh mir noch mal was holen. Willst du auch was? Oder du, Jette?"

„Nein, danke, mir ist der Appetit vergangen", sagte Susanne.

„Ich hol mir selbst was", sagte Jette. Sie zwinkerte ihrem Vater spitzbübisch zu. „Und später, nach deinem Räuberschmaus, kannst du dann bei den Bremer Stadtmusikanten den bösen Ganoven geben. Wuhaaahaaa!" Sie drückte ihrem Vater einen Kuss auf die Wange und verschwand in der Menge.

Nachdem Büttner sich erneut seinen Teller gefüllt hatte, schaute er sich nach einem freien Sitzplatz um. Die ganze Zeit über zu stehen fand er auf Dauer zu anstrengend, und außerdem hatte er im Sitzen eine bessere Position, um die circa zweihundert Leute um sich herum zu beobachten. Wider Willen musste er sich eingestehen, dass die Veranstaltung begann, ihm Spaß zu machen.

Inzwischen war die Musik, die man gemeinhin von Karnevalsveranstaltungen kannte, so laut, dass es ein fast unmögliches Unterfangen war, sich mit anderen Gästen zu unterhalten. Das kam ihm sehr entgegen, denn in der Regel diente das auf derartigen Feiern Gesprochene sowieso nicht dem Erkenntnisgewinn. Zumindest nicht dem positiven.

Zu Büttners Freude wurde an einem Tisch an der Wand gerade ein Platz frei, auf den er nun rasch zusteuerte. Immer in Sorge um die kulinarischen Errungenschaften, balancierte er seinen Teller und das Glas Bier durch die Menge, bis er sich mit einem lauten Stöhnen auf den Stuhl fallen lassen konnte.

„Ganz schön was los hier", brüllte ihn Dagobert Duck von der Seite an. „Ihre Verkleidung ist echt der Hammer, Herr Kommissar, wenn ich das mal so sagen darf." Nach einem Schluck Bier, den er sich umständlich unter den breit grinsenden Entenschnabel schüttete, schrie er mit einem Nicken in Richtung einer wenige Meter entfernt stehenden Mickey Mouse: „Also, meine Alte, die Maus da hinten, hätte mich ungespitzt in den Boden gerammt, wenn ich kein vernünftiges Kostüm angezogen hätte. Wäre mir zu heikel gewesen. Ihre ist da wohl entspannter."

„Hm. Geht so", murmelte Büttner, ohne dass sein Tischnachbar ihn hören konnte. Dann fügte er deutlich lauter hinzu: „Ich hatte eigentlich angenommen, dass dies ein Maskenball ist und kein Kostümball."

„Wie meinen Sie das jetzt?", fragte der Mann verwundert.

„Maske ist Maske und Kostüm ist Kostüm. Sie verstehen?" Mit diesen Worten zog er die Maske vom Gesicht und legte sie auf den Tisch.

„Nö." Dagobert Duck blickte sich für eine Weile im Raum um, dann rief er: „Ach so! So meinen Sie das! Tja, kann man wohl jetzt nix mehr dran tun."

„Sieht so aus."

„Aber in der Einladung stand, dass Kostüme ausdrücklich erwünscht sind."

„Tatsächlich?" Büttner konnte sich nicht daran erinnern, so was gelesen zu haben.

„Doch, doch. Stand drin."

„Da hat meine Frau wohl doch recht gehabt. Frag mich nur, warum es dann Maskenball heißt."

„Na ja, machen Sie sich da mal nix draus, Herr Kommissar."

„Ich werd mein Bestes geben." Büttner fischte eine Luftschlange von seinem Teller, die Claudia Schiffer – oder war es Heidi Klum? – mit Schwung zu ihnen hinübergeblasen hatte, dann brüllte er: „Darf ich fragen, woher Sie mich kennen?"

„Wie jetzt? Das wissen Sie nicht mehr?", brüllte sein Nachbar erstaunt zurück. Im nächsten Moment aber brach er in grölendes Gelächter aus. „Stimmt ja, der blöde Schnabel." Der Mann beeilte sich, ihn vom Gesicht zu ziehen. Unter ihm kam ein fülliges, schweißnasses Gesicht hervor, das Büttner vage bekannt vorkam. „Erkennse mich nun?"

„Ähm…ich erinnere mich, dass…ähm…"

„Geert Uphoff, Mensch! Sie haben in meinem Garten schon ein leckeres Steak gegessen! In Upleward! Ich bin`s, der Metzger!" Der Mann schien keineswegs beleidigt zu sein, weil Büttner ihn nicht sofort erkannte, sondern strahlte nun über das ganze Gesicht. „Meine Frau und meine Tochter Jenny mit Ronny, was ihr Freund ist, die sind auch hier. Jenny und Ronny gehen als Dick und Doof. Also, Jenny ist Dick, und Ronny ist Doof."

Büttner verkniff sich ein Grinsen. Inzwischen war ihm aufgegangen, woher er die Familie kannte. Er hatte das Ehepaar mit der korpulenten Tochter und deren stets etwas debil vor sich hin grinsenden Freund während seiner Ermittlungen in Upleward als Zeugen befragen müssen. „Scheint mir `ne gute Rollenverteilung", brüllte er, noch bevor er richtig nachgedacht hatte. Genau genommen wollte er gar nicht gehässig sein, zeugten diese Kostüme doch von der Fähigkeit zur Selbstironie, was er durchaus sympathisch fand. Doch glücklicherweise schien die Spitze an Metzger Uphoff vorbeizugehen, denn der rief nun: „Darauf sollten wir anstoßen, meinen Sie nicht?"

Büttner hatte zwar keine Ahnung, worauf genau es anzustoßen galt, hob aber dennoch sein Glas und prostete dem Mann zu.

Zu Büttners Erleichterung wurde Dagobert Duck kurz darauf von Mickey Mouse mittels Zeichensprache dazu aufgefordert, vom Tisch aufzustehen und ihr nach draußen auf die Terrasse zu folgen. Endlich kam er dazu, den auf seinem Teller liegenden Köstlichkeiten seine volle Aufmerksamkeit zu schenken.

Bei einem Blick in die Menge entdeckte er seine Frau Susanne, die sich angeregt mit ein paar grell zurechtgemachten Hexen unterhielt und dabei immer wieder lachend den Kopf in den Nacken legte. Sie schien sich zu amüsieren. Gut so. Da würde sie ihn wohl kaum vermissen. Er überlegte kurz, ob sie es wohl bemerken würde, wenn er sich ganz von dieser Party verabschiedete, verwarf den Gedanken jedoch sogleich wieder. Frauen bemerkten den Fluchtinstinkt des Partners in Sekundenschnelle, auch wenn sie mit etwas ganz anderem beschäftigt waren. Es war zum Verrücktwerden. Aber so waren sie nun einmal, die Weiber.

Gerade wollte sich Büttner das Canapé in den Mund schieben, das er sich extra bis zum Schluss aufgehoben hatte, weil es am köstlichsten von allen aussah, da gellte ein so lauter Schrei durch den Saal, dass ihm das gute Stück vor Schreck aus den Fingern glitt und – nachdem es mit der Mayonnaise nach unten ausgiebig Hemd und Hose gestreift hatte – zu Boden fiel. Laut fluchend schnappte er nach einer Papierserviette und begann, sein Hosenbein abzuwischen, was die Sache jedoch eher schlimmer als besser machte.

„Das war aber nun wirklich Pech", schrie eine Zombiedame mit rotunterlaufenen Augen und blutverschmiertem Mund, die sich den freien Stuhl neben ihm ergattert hatte. „Sah gut aus, das Häppchen.

Gibt`s aber nun keine mehr von. Hab ich am Büffet mitgekriegt", fügte sie überflüssigerweise hinzu.

„Einfach mal die Klappe halten, dumme Kröte", erwiderte Büttner in dem Glauben, sowieso von niemandem gehört zu werden. Doch zu seinem Pech erstarb just in diesem Augenblick die Musik und mit ihr nahezu sämtliche Gespräche der Gäste, sodass die Schallwellen seines Satzes ungehindert durch den Saal waberten und sich in den Ohren der Anwesenden festsetzten. Dutzende Augenpaare wandten sich ihm zu. In diesem Moment wünschte er sich, doch als Pu der Bär am Tisch zu stehen.

„Ähm…war nur so dahingesagt", beeilte er sich zu sagen, während ihm das Blut heiß ins Gesicht schoss. „Ich…ähm…meinte niemand Bestimmtes."

Was die Zombielady ihm natürlich nicht abnahm. „Arschloch", war jedoch alles, was sie dazu zu sagen hatte.

Die Aufmerksamkeit, die Büttner unfreiwilligerweise zuteil geworden war, währte nicht lange, denn anscheinend, so musste er jetzt feststellen, gab es im Saal Interessanteres, als sich mit den verbalen Ausfällen eines dicklichen Mannes mit Kindermaske zu befassen. Anstelle des vorherigen Geschnatters schwoll jetzt ein unterdrücktes Gemurmel an, und es war, als trauten sich die Gäste nicht mehr, ihre Stimme zu erheben.

Der Grund für diese Zurückhaltung ließ nicht lange auf sich warten. Wie der Blitz verbreitete sich das Gerücht unter den Gästen, es gäbe eine Leiche.

„Die kommt ja nun ein bisschen spät", murmelte Büttner. Allerdings war er diesmal darauf bedacht, dass ihn keiner hörte. Außerdem glaubte er an Leichen erst, wenn er sie mit eigenen Augen gesehen hatte. In diesem Fall, so mutmaßte er, dürfte es sich allenfalls um eine Schnapsleiche handeln, denn Betrunkene torkelten hier inzwischen zuhauf durchs Geschehen. Bekanntlich war es dann nur eine Frage der Zeit, bis sich der eine oder andere an unpassendem Ort in die Waagerechte begab.

Umso erstaunter war er, als nun jemand mittels Mikrofon nicht nur in die Menge fragte, ob ein Arzt anwesend sei, sondern auch gleich nach der Polizei verlangte – mit dem Ergebnis, dass sich wieder Dutzende Augenpaare auf ihn richteten. „So viel zu Verkleidungsmuffeln", seufzte er. Er schwor sich, beim nächsten Mal auf Frau und Tochter zu hören und dem Anlass entsprechend gekleidet zu sein. Wenn es denn ein nächstes Mal überhaupt gab, angesichts der Tatsache, dass die besten Häppchen zuerst ausgingen, dachte er mit einem Blick auf sein verschmiertes Hemd.

„Okay, dann lassen Sie mich mal durch", sagte er bestimmt und bahnte sich einen Weg um den Tisch herum. Wie auf ein geheimes Zeichen hin teilte sich die Menschenmenge vor ihm, und unwillkürlich kam er sich vor wie Moses am Roten Meer.

Um zum Ort des Geschehens zu kommen, musste er bis ans andere Ende des Saals laufen, wo ihm der Mann mit dem Mikrofon schon entgegengelaufen kam.

„Sie sind von der Polizei?", fragte er aufgeregt.

Büttner nickte. „Mordkommission."

„Na, das passt dann ja."

„Wieso?"

„Na, wegen der Leiche.“

„Ist sie wirklich tot?“, fragte Büttner mit einem gewissen Zweifel in der Stimme und musterte den am Boden liegenden Vampir. Die passende Blässe hatte er ja.

„Leichen sind immer tot.“

Aha, dachte Büttner, ein Schlaumeier. Doch war es nicht der Mann mit dem Mikrofon gewesen, der geantwortet hatte, sondern der böse Wolf, der – ebenso wie sein Rotkäppchen – neben dem angeblichen Toten kniete und die Finger an dessen Halsschlagader drückte.

„Sind Sie Arzt?“, fragte Büttner den Wolf, was Rotkäppchen aus unerfindlichen Gründen zum Kichern animierte.

„Nee. Aber es ist nicht die erste Leiche, die ich zu Gesicht bekomme“, dröhnte es dumpf aus dem Wolfsschädel zurück. „Und mit einer Kugel im Herzen lebt es sich in der Regel eher bescheiden. Selbst für Vampire.“

„Aha“, war alles, was Büttner dazu einfiel. Zumindest, bis der Wolf sich anschickte, seinen Kopf vom Körper zu trennen. „Hasenkrug“, entfuhr es dem Kommissar, als sein Assistent das Fellbündel mit der spitzen Schnauze zur Seite legte, „was machen Sie denn hier?“

„Ich vermute, das Gleiche wie Sie? Na ja.“ Sebastian Hasenkrug stand auf und grinste breit. „Vielleicht ohne so viel zu essen.“

„Wie spitzfindig Sie sind“, brummte Büttner. Er nickte Rotkäppchen zu, die er nun als Hasenkrugs Freundin Tonja erkannte.

„Das ist mein Job."

„Sie hätten sich ruhig zu erkennen geben können."

„Wozu? Ich konnte ja nicht ahnen, dass wir beide beruflich hier sind." Er zog eine Grimasse. „Außerdem bin ich auf solchen Veranstaltungen lieber inkognito. Man weiß ja nie, womit man sich blamiert."

„Das haben Sie jetzt aber nett gesagt", verzog Büttner gequält das Gesicht. Vermutlich, so dachte er, würde sein Satz *Einfach mal die Klappe halten, dumme Kröte* nun zu einem geflügelten Wort im Kommissariat.

Als hätte Hasenkrug seine Gedanken gelesen, sagte er: „Keine Sorge, alles, was hier passiert ist, bleibt unter uns."

„Ach ja", schnaubte Büttner, „und woher wollen Sie wissen, dass nicht gerade das halbe Polizeikollegium als Grimm`sche Märchenwelt getarnt durch diese Hallen wandelt?"

„Das wäre natürlich Pech." Hasenkrug musterte seinen Chef von oben bis unten. „Allerdings könnte man sich ja auch dem Anlass entsprechend kleiden."

„Hasenkrug, nun hören Sie aber auf, hier den…"

Büttner wurde durch ein Räuspern des Mikrofonmannes unterbrochen. „Ich will ja nicht aufdringlich erscheinen, aber wenn Sie sich jetzt vielleicht mal…" Er brachte den Satz nicht zu Ende, sondern deutete nur mit einem Nicken auf den toten Vampir am Boden.

„Ach so, tja…" Büttner strich sich übers Kinn und überlegte kurz, dann sagte er: „Hasenkrug, fordern Sie ein paar Kollegen zur Verstärkung an und veranlassen Sie alles Weitere. Außerdem will ich jeden sprechen, der was gesehen hat. Achten Sie darauf, dass keiner den Saal verlässt."

„Dafür dürfte es ein bisschen spät sein", stellte Hasenkrug fest. „Wer auch immer den Mann hier erschossen hat, dürfte längst über alle Berge sein."

„Das weiß man nicht", brummte Büttner, während er die Stufen zur Bühne hinaufstieg, „schließlich steht jeden Tag ein Dummer auf." Er ließ sich von einer der Gestalten, die sich auf der Bühne tummelten, das Mikrofon reichen und wandte sich dann an die Menschen im Saal: „Moin zusammen, meine Name ist David Büttner, ich bin von der Kriminalpolizei." Aus der Menge war ein durchdringender Pfiff zu hören, und als Büttner nach der Quelle suchte, entdeckte er seine Tochter Jette, die ihm fröhlich Kusshände zuwarf. Anscheinend war sie schon reichlich angeschickert. Er beschloss daher, sie zu ignorieren. „Augenscheinlich ist es während unserer Feierlichkeiten zu einem Verbrechen gekommen, dem wir nun nachgehen müssen." Er wartete für ein paar Sekunden das aufkommende Gemurmel ab, dann fuhr er fort: „Leider müssen wir die Party an dieser Stelle abbrechen. Dennoch muss ich Sie bitten, die Örtlichkeiten nicht zu verlassen, bis wir mit der Aufnahme Ihrer Personalien fertig sind."

„Ich bin Popeye, das sieht man doch", grölte eine Stimme aus dem Hintergrund.

„Schön für Sie", erwiderte Büttner gelassen, „dann gehen Sie jetzt am besten mit Olivia ans Büffet und genießen den Spinat."

Büttner sah, wie sich einige uniformierte Kollegen in den Saal drängten und winkte ihnen, auf die

Bühne zu kommen. Im Saal schien angesichts der Ankündigung, dass man den Start ins neue Jahr jetzt anders verbringen würde als geplant, eine gewisse Unruhe aufzukommen.

„Auch wenn der Abend nun anders verläuft als erwartet", beeilte sich Büttner zu sagen, „möchte ich Sie doch bitten, Ruhe zu bewahren. Je besser Ihre Kooperation, desto eher können Sie nach Hause und durch die Gegend böllern. Meine Kollegen werden jetzt mit ihrer Arbeit beginnen. Bitte leisten Sie ihren Anweisungen Folge. Danke schön."

Büttner warf einen Blick auf seine Armbanduhr. Noch zweieinhalb Stunden bis Mitternacht. Er hoffte, dass die Arbeit bis dahin erledigt sein würde.

3

Wie sich rasch herausstellte, waren rund zwanzig Gäste für eine Befragung nicht mehr zu gebrauchen, da sie mehr Alkohol konsumiert hatten als ihnen guttat.

Büttner fragte sich nicht zum ersten Mal, warum Menschen einzig mit dem Ziel auf eine Feier gingen, sich bis zur Besinnungslosigkeit zu besaufen. Abgesehen davon, dass sie zum Beispiel für diese Silvesterparty viel Geld bezahlt hatten und auch die Getränke nicht eben billig waren, würden sie sich am nächsten Tag nicht mal an den Spaß, den sie vermutlich nicht hatten, erinnern können. Dafür aber hätten sie einen heftigen Kater, der sie dazu zwang, den Neujahrstag wahlweise im Bett oder über der Kloschüssel zu verbringen.

Für Büttner klang das nicht eben nach gelungener Freizeitgestaltung. Allerdings waren ihm auch Menschen nicht fremd, die nach einem solchen Desaster stolz darauf waren erzählen zu können, wie oft sie in der Nacht gereiert hatten. Er hatte sich dann immer gefragt, welch armseliges Leben diese Leute führen mussten, wenn sie selbst solch eine Entgleisung schon als Highlight ihres Daseins betrachteten.

Das einzig Gute, das Büttner dem Zustand dieser Menschen abgewinnen konnte, war, dass sie unmöglich in der Lage gewesen sein konnten, einen anderen Menschen mit einem gezielten Schuss hinzurichten. So, wie er es einschätzte, dürften sie sogar nicht mal mehr dazu fähig gewesen sein, die Waffe überhaupt stabil in der Hand zu halten. Somit schieden sie als Verdächtige aus.

Blieben immer noch mehr als hundert Personen zuzüglich des Personals. Er hätte es sich überschaubarer gewünscht. Blieb nur zu hoffen, dass es möglichst schnell möglichst viele übereinstimmende Aussagen von Zeugen gab, die sich zum Tatzeitpunkt in der Nähe des jetzt toten Vampirs aufgehalten hatten.

„Wissen wir inzwischen, wer der Tote ist?", wandte sich Büttner an die Gerichtsmedizinerin Dr. Anja Wilkens, die vor einigen Minuten mit ihrem Team den Saal betreten und mit den Untersuchungen an der Leiche begonnen hatte. Zu seiner Verwunderung hatte sich bisher niemand gefunden, der das Opfer kannte. Alles deutete darauf hin, dass dieser alleine gekommen war. Was die Frage nach dem Grund aufwarf. Denn wer, um alles in der Welt, ging auf eine Silvesterparty, auf der er niemanden kannte?

„Sein Ausweis lautet auf den Namen Hinderk Eemken", antwortete Dr. Wilkens und reichte ihm eine Brieftasche. „Demnach ist er sechsundvierzig Jahre alt und lebt in der Krummhörn."

„Aha." Büttner betrachtete den Toten, der vor ihm auf dem Rücken lag und aussah, als würde er friedlich schlafen. Man hatte ihn inzwischen abgeschminkt, und hervorgekommen war ein von blondem Haar umrahmtes Gesicht eines durchschnittlich aussehenden Mannes. Er war durchschnittlich groß und durchschnittlich schlank.

„Irgendwelche Auffälligkeiten an seiner Kleidung?", wollte Büttner wissen, woraufhin die Ärztin ihn mit hochgezogenen Brauen ansah.

„Also, außer dem Kostüm, meine ich natürlich."

„Nein. Unter dem Vampir-Umhang trägt er ein schwarzes T-Shirt, jetzt mit Loch, und eine Jeans. Dazu schwarze Schuhe. Nullachtfuffzehn."

„Okay. Sonst irgendwas Besonderes?"

„Nein. Ein völlig unauffälliger Zeitgenosse, würde ich sagen. Aber Genaueres weiß ich erst nach der Obduktion."

„Diese Dame hier meint, etwas beobachtet zu haben", hörte Büttner seinen Assistenten Sebastian Hasenkrug neben sich sagen, als er hinter dem Vorhang hervortrat, hinter dem die Leiche vor den Blicken Neugieriger geschützt lag. Er drehte sich um und blickte in die Augen von – Dick. Ihr Kompagnon Doof hielt sich diskret im Hintergrund und sah ihn mit unergründlichem Blick an. Büttner war baff. Die beiden sahen tatsächlich aus wie die Originale aus der Stummfilmzeit. Als Kind hätte er stundenlang vor dem Fernseher sitzen und ihnen bei ihren Albernheiten zusehen können. Wenn er denn gedurft hätte.

„Sie sind doch die Tochter von Metzger Uphoff", stellte er zu Hasenkrugs Erstaunen fest. „Jessy, nicht wahr?"

„Jenny", korrigierte sie. „Papa sagt, ich soll mit Ihnen reden."

„Dann setz dich mal hierhin." Büttner wies auf einen der Stühle, die eilends auf die Bühne gebracht worden waren. „Was genau hast du denn gesehen?", fragte er, als Jenny Platz genommen hatte.

„Ich stand neben dem – äh – Vampir, also neben dem Mann – neben dem da." Jenny deutete auf den Vorhang. „Also, als der umgekippt ist, meine ich."

„Du hast gesehen, wie er erschossen wurde?" Büttner, der sich ihr gegenüber gesetzt hatte, beugte sich interessiert vor.

„David, sag deinem Kollegen doch bitte mal, dass wir nach Hause gehen dürfen", erklang unvermittelt Susannes Stimme. „Er scheint aus irgendeinem Grund nicht glauben zu wollen, dass wir mit dir verwandt sind."

„Diese Dame behauptet, sie sei Ihre Frau und das hier", der uniformierte Polizist zeigte auf Jette, die den Kopf an die Schulter ihrer Mutter gelegt hatte und herzhaft gähnte, „sei Ihre Tochter."

„Da behauptet sie richtig", nickte Büttner.

„Echt?" Der junge Kollege sah nun ehrlich erstaunt aus und blickte von einem zum anderen, als müsste er diese Aussage anhand von physiognomischen Merkmalen überprüfen.

„Darf ich fragen, was Ihnen daran so verwunderlich erscheint?", brummte Büttner und fügte gleich darauf mit donnernder Stimme hinzu. „Und dürfte ich Sie bitten, Ihre Augen aus dem Dekolleté meiner Tochter zu entfernen!?"

„Ähm…"

„Also. Noch mal", schnauzte Büttner ihn ein wenig zu laut an, „welchen Teil meiner Antwort haben Sie nicht verstanden?"

„Ich – ähm – ich dachte ja nur. Die beiden sind so – ähm – hübsch."

Noch bevor Büttner etwas darauf erwidern konnte, sagte Hasenkrug mit einem breiten Grinsen: „Ich glaube, der Kollege versteht nicht, dass ein Mann wie Sie eine solche Frau und eine solche Tochter haben kann."

„Was soll das denn heißen?" Büttner musterte den Unglückswurm nun, als würde er die Abmessungen für dessen Sarg überschlagen.

„Nein. Nein, nein, Herr Hauptkommissar", wedelte der junge Polizist nun mit unkontrollierten Bewegungen in der Luft herum, während sein Gesicht die Farbe reifer Tomaten annahm. „Ich wollte nur sichergehen, dass…ich meine, das kann hier ja ein Jeder behaupten, dass er Ihre Frau und Ihre Tochter ist."

„Junger Mann", mischte sich Susanne – ganz Lehrerin – ins Gespräch, „mir scheint, Sie verwechseln da gerade etwas. Wie, bitte schön, könnte *ein* Jeder, sprich *Er*, zum einen weiblich und zum anderen gleichzeitig Frau und Tochter sein!?"

„Äh…"

„Kommen Sie, Frau Büttner, ich bringe Sie jetzt zum Ausgang", beeilte sich Hasenkrug zu sagen. „Und Sie", wandte er sich an den jungen Kollegen, der ihm jetzt leid tat, „sehen zu, dass Sie noch weitere Zeugen finden."

„Herr Hauptkommissar, ich wollte wirklich nicht…"

„Vielleicht tun Sie einfach mal, was man Ihnen sagt", knurrte Büttner und wandte sich wieder seiner Zeugin zu, die so tat, als hätte sie von dem verbalen Schlagabtausch nichts mitbekommen. Vermutlich wollte sie nicht dessen nächstes Opfer sein. „Also, Jessy…"

„Jenny."

„Jenny. Du hast also den Mord beobachtet?"

„Nee."

„Nee?"

„Nee. Das hab ich nicht gesacht. Ich hab nur gesacht, dass ich gesehen hab, wie der Vampir umgekippt ist."

„Du hast aber nicht gesehen, wer geschossen hat?"

„Nee."

„Sicher?"

„Yep."

„Hast du denn einen Schuss gehört?"

„Nee."

„Hm." Büttner seufzte. Anscheinend war es im Saal einfach zu laut gewesen, als dass man einen Schuss hätte hören können. Bisher zumindest hatte niemand etwas Entsprechendes ausgesagt. Vielleicht aber hatte der Täter auch einen Schalldämpfer benutzt. „Weißt du denn noch, wer alles in der Nähe des Opfers stand, als es umkippte?"

„Ich kann mich nur an Schneewittchen und zwei ihrer Zwerge erinnern. Und an Frau Merkel."

„Unsere Bundeskanzlerin."

„Yep. Voll krass, dass die hier war, oder?

„Ähm…"

„Witz."

„Ach so. Klar. Sonst niemand?"

„Der Weihnachtsmann", meldete sich Ronny aus dem Hintergrund zu Wort.

„Stimmt", nickte Jenny, „der Weihnachtsmann." Sie legte die Hand an die Stirn, blickte zu Boden und sagte nach einigen Sekunden: „Und dann waren da noch so zwei mit so `ner Maske."

„Was für eine Maske?", hakte Büttner nach.

„Solche, die man, glaube ich, in Venedig beim Karneval trägt. Sah voll krass aus. So mit Perlen und Glitzer und so."

„Mit Schnabel?"

„Wieso Schnabel?" Jenny guckte verdutzt.

„Also kein Schnabel."

„So wie mein Vater? Also wie Dagobert Duck?"

Büttner machte eine abweisende Geste. „Nein. Vergiss es einfach." Anscheinend hatten außer ihm wenigstens zwei der Gäste das Wort Maskenball als das genommen, was es bedeutete, dachte er. „Waren es Frauen oder Männer, die eine Maske trugen?"

„Ein Mann und eine Frau, glaube ich. Sah zumindest so aus."

„Sonst noch jemand, an den du dich erinnerst? Oder du", richtete Büttner seinen Blick erneut auf Ronny, der sich gerade am Kopf kratzte und damit dem echten Stan Laurel täuschend ähnlich sah.

„So `n Esel", sagte Ronny. „Und der hatte andere Tiere dabei. Weiß nicht mehr genau, welche."

„Hund, Katze, Hahn?"

Wieder kratzte sich Ronny am Kopf, bevor er sagte: „Jo. Jetzt wo Sie`s sagen!"

„Die Bremer Stadtmusikanten also."

„Hä?" Ronny sah ihn an wie einen Alien. „Nee. Das waren Tiere, keine Musiker oder so. Hab ich doch gesacht."

Büttner fragte sich, was die Schüler heute in Kindergarten und Schule noch lernten. Er verzichtete jedoch darauf, auf die offensichtliche Bildungslücke des jungen Mannes einzugehen. „War es die Katze, die hier gerade bei uns stand?"

„Könnte sein."

„Ja oder nein?"

„Denke schon. War auf jeden Fall ziemlich sexy."

Büttner holte tief Luft, schluckte aber eine Erwiderung auch diesmal hinunter. „Okay", sagte er, „ich danke euch. Ihr könnt dann nach Hause gehen." Er nickte einer jungen Polizistin zu, die die beiden nach draußen begleiten würde.

„Cool. Meine Eltern warten schon. Papa will den Grill anschmeißen. Sacht, er hat hier kaum was zu essen gekriegt." Jenny sprang von ihrem Stuhl auf und winkte ihrem Freund mitzukommen.

„Okay", wandte sich Büttner an einen weiteren Kollegen, „dann würde ich jetzt gerne Schneewittchen und ihre beiden Zwerge, Frau Merkel und den Weihnachtsmann sprechen." Er warf einen Blick auf seinen Zettel, auf dem er sich Notizen gemacht hatte. „Dann noch die beiden mit den venezianischen Masken sowie Esel, Hund und Hahn. Hm. Die Katze ist schon nach Hause gefahren. Die nehme ich mir später vor."

„Hier gibt es *drei* Weihnachtsmänner", gab der Kollege zu bedenken.

„Was?"

„Drei Weihnachtsmänner. Die haben sich wohl gedacht, dass sie das Kostüm vom Heiligabend noch mal verwenden können."

„Na, die machen es sich mit ihrer Verkleidung ja wohl ein bisschen einfach", brummte Büttner ungehalten. Wie konnte man nur so einfallslos sein? „Dann holen Sie eben alle drei her."

„Einer ist schon gegangen."

„Warum das denn?"

„Es war der Oberbürgermeister."

„Und mit welcher Begründung haben Sie ihn einfach gehen lassen?"

„Es war der Oberbürgermeister", wiederholte der Kollege.

„Ja, und? Ist das etwa ein Freifahrtschein?", schnauzte Büttner. „Was, wenn der tote Vampir sein Gegenkandidat für die nächste Wahl war? Dann hätte er ein sauberes Motiv!"

„Aber…"

„Unterschätzen Sie die Politiker nicht! Gerade die haben es faustdick hinter den Ohren!"

„Aber die machen sich nicht selbst die Hände schmutzig", gab der Kollege zu bedenken.

„Hm. Da haben Sie auch wieder recht. War er in Begleitung?"

„Ja. So `ne Frau in Strapsen war bei ihm."

„Hätte ich mir denken können. Seine Frau?"

„Eher nicht."

„Natürlich nicht. Also gut. Dann werde ich ihn morgen zum Frühstück besuchen. Ist ja auch interessant, wo seine Frau eigentlich gefeiert hat."

„Jetzt werden Sie aber gemein, Chef."

„Lassen Sie mir doch meinen Spaß. Bestimmt haben wir die Party für ihn nebst Begleitung ja sowieso bezahlt. Er nennt es Beziehungspflege zum Wähler, ich nenne es Vorteilsnahme im Amt. Nun, Ersteres kann er morgen früh auch haben."

„Sie wollen mich sprechen?", wurden sie von einer heiseren Stimme unterbrochen.

„Frau Bundeskanzlerin! Welche Ehre! Nehmen Sie doch bitte Platz!" Büttner grinste. Schwarze Hose, rote Kostümjacke, korpulente Figur, Frisur sitzt. Selbst die Hände waren zur Raute geformt. Die Frau beherrschte ihre Rolle.

„Dürfte ich jetzt bitten, die Maske abzunehmen und mir Ihren richtigen Namen zu nennen", sagte Büttner, als sie sich gegenübersaßen.

Die Frau tat ihm den Gefallen – und er musste überrascht feststellen, dass sie im wirklichen Leben ein Mann war. „Weert Wessels", stellte er sich mit Reibeisenstimme vor. „Hab ein bisschen rumgegrölt heute Abend, deswegen funktioniert wohl meine Stimme nicht mehr so gut. Kannste wohl nix dran tun."

Ohne Maske hatte der Mann so gar nichts Staatstragendes mehr, stellte Büttner ein wenig enttäuscht fest. Da saß man einmal im Leben der Bundeskanzlerin gegenüber, und dann war sie ein

Mann um die sechzig mit Säufernase, fauligen Zähnen und Glasauge. Was für ein Pech!

Büttner räusperte sich, bevor er sagte: „Moin, Herr Wessels. Es gibt eine Zeugenaussage aufgrund derer wir davon ausgehen müssen, dass Sie in unmittelbarer Nähe des Opfers gestanden haben, als es erschossen wurde.

„Echt? Der wurde erschossen? Ist ja `n Ding. Kennt man sonst nur aus `m Fernsehen, ne?"

„Nun, ich nicht", entgegnete Büttner trocken. „Ihrer Aussage entnehme ich, dass Sie denjenigen, der geschossen hat, nicht gesehen haben."

„War das ein Mann?", fragte Weert Wessels, während er das Gesicht der Bundeskanzlerin mit seinen schwieligen Händen ordentlich durchwalkte.

„Das wissen wir nicht."

„Aber das sagten Sie doch gerade. Sie sagten *der geschossen hat.*"

„Kann aber auch `ne Frau gewesen sein", antwortete Büttner betont ruhig.

„Vielleicht eine, die die Schnauze voll von ihrem Kerl hatte."

„Die Suche nach dem Motiv können Sie getrost uns überlassen."

„Kann auch sein, dass der jemanden erpresst hat", ließ der Mann nicht locker. „Sieht man ja immer wieder im Fernsehen, dass die dann umgelegt werden. Versteht man ja auch. Erpressen tut man ja nicht."

„Hier sind wir aber nicht im Fernsehen", entgegnete Büttner. „Herr Wessels, es ist also richtig, dass Sie neben dem Mann gestanden haben, als er zu Boden fiel."

„Ich? Nee."

„Nicht? Man hat sie aber dort gesehen."

„Mich? Nee."

„Es gibt Zeugen."

„Muss dann wohl eine Verwechslung sein oder so. Ich war da auf der Terrasse eine rauchen. Darf man hier drinnen ja nicht."

„Und Sie sind sich sicher, dass es zu dem Zeitpunkt war, als der Schuss fiel?" Büttner rutschte nervös auf seinem Stuhl hin und her. Der Anblick der zwischen zwei groben Händen zermalmten Bundeskanzlerin machte ihm zu schaffen. „Könnten Sie das bitte mal lassen", sagte er und deute mit einem Nicken auf die Gummimaske.

„Was? Ach so. `Tschulligung." Der Mann legte die Maske auf den Stuhl neben sich, wo sich die Kanzlerin ruckzuck entknitterte und Büttner jetzt aus leeren Augenhöhlen ansah.

„Also, Herr Wessels, Sie waren auf der Terrasse, als der Schuss fiel, richtig?"

„Das weiß ich nicht. Hab ja keinen Schuss gehört. Aber ich war auf der Terrasse, als die Musik ausging. Tja, und dann nahm ja alles so seinen Lauf."

„Wissen Sie denn, ob es noch eine zweite Kanzlerin auf dem Ball gab?", fragte Büttner.

„Nö. Das wüsste ich. Man erkennt sich ja schließlich, wissen Sie."

„Sicher."

„Aber kann sein, man hat die andere gesehen. Die, die noch Kanzlerin werden will. Die mit dem Stall voll Kindern."

Büttner dachte einen Moment nach. „Ursula von der Leyen?", fragte er dann.

„Jo."

„Frau von der Leyen war auch auf dem Ball?"

„Jo. Hab kurz mit ihr gesprochen. Aber sie schien nicht mit mir reden zu wollen."

War es möglich, dass Jenny und Ronny da etwas verwechselt hatten, fragte sich Büttner. Zuzutrauen wäre es ihnen. „Können Sie mir sagen, ob Frau von der Leyen noch hier im Saal ist?"

„Nee. Ich hab gesehen, wie die raus ist, nachdem ein Polizist sie befragt hatte."

„War sie alleine?"

„Nee. Die ist mit dem Franz Josef Strauß raus."

„Na gut." Büttner schlug sich seufzend auf die Oberschenkel. „Dann können Sie jetzt auch nach Hause gehen, Herr Wessels. Womöglich kommen wir in den nächsten Tagen noch mal auf Sie zu, falls wir noch Fragen haben."

„Kein Ding." Weert Wessels erhob sich und wandte sich zum Gehen, als Hasenkrug hinter ihm herrief: „Vergessen Sie die Kanzlerin nicht!"

„Ach so. Ja. Danke." Der Mann nahm Frau Merkel und steckte sie in die Tasche.

„Was für eine Symbolik", seufzte Büttner.

„Ich hätte hier noch Schneewittchen und zwei Zwerge", vermeldete Hasenkrug.

„Heute nicht mehr", erwiderte Büttner. „Ich nehme an, dass inzwischen alle Personalien aufgenommen wurden?"

„Ja. Die meisten Gäste sind schon auf dem Weg nach Hause."

„Gut. Genau das werde ich jetzt auch machen", nickte Büttner. „Bitte lassen Sie alle mutmaßlichen Zeugen ins Kommissariat vorladen, Hasenkrug. Auch Frau von der Leyen. Aber bitte alle ohne Kostüm. Die Dinger machen einen ja ganz kirre."

4

Als er am Neujahrsmorgen gegen acht Uhr zur Arbeit fuhr, kam es Büttner so vor, als hätte man nach Jahrzehnten endlich mal wieder einen autofreien Sonntag ausgerufen. Während der ganzen Fahrt zum Präsidium begegnete ihm nicht ein einziges Fahrzeug.

Kurz spielte er mit dem Gedanken, auf die Autobahn zu fahren und mal so richtig Gas zu geben; dann jedoch erinnerte er sich seiner Aufgaben und vor allem daran, dass er in der letzten Nacht Sebastian Hasenkrug verpflichtet hatte, an diesem Morgen im Büro zu erscheinen. Da wäre ein Fortbleiben seinerseits wohl kaum fair gewesen.

Zu seiner Verwunderung fühlte er sich frisch, obwohl die Nachtruhe nicht besonders lang gewesen war. Als er kurz vor Mitternacht nach Hause gekommen war, hatte Susanne, die es sich vor dem Fernseher bequem gemacht hatte, ihn erstaunt angesehen und gemeint, dass sie mit ihm in diesem Jahr eigentlich gar nicht mehr gerechnet habe. Daraufhin war er geistesgegenwärtig genug gewesen zu antworten, dass er natürlich nur wegen ihr nach Hause gekommen sei, da er – Leiche hin, Schneewittchen her – gar nicht einsehe, ohne sie ins neue Jahr zu starten.

Die nächsten Stunden waren daraufhin sehr viel angenehmer verlaufen, als er es zu hoffen gewagt hatte, zumal Jette und ihre Freunde nach einem kurzen Zwischenstopp zum Kleiderwechsel beschlossen hatten, die verpatzte Party an anderem Ort wieder aufleben zu lassen.

Nachdem Susanne eingeschlafen war, hatte er noch lange darüber nachgedacht, wer genau sein Mordopfer wohl sein mochte. Wie ein Besessener hatte er schließlich das Internet nach dem Namen Hinderk Eemken durchwühlt. Ohne Erfolg. Der Eemken, den er suchte, schien im weltweiten Netz ein unbeschriebenes Blatt zu sein.

„Prost Neujahr", schmetterte Büttner gut gelaunt, als er das Büro betrat und seinen Assistenten bereits an seinem Schreibtisch vorfand. „Ich hoffe, Hasenkrug, dass Sie und Ihre Freundin sich die Nacht genauso wenig haben verderben lassen wie ich."

„Alles gut, Chef", grinste Hasenkrug und zwinkerte ihm verschwörerisch zu. „Traute Zweisamkeit hat ja auch sein Gutes."

„Wem sagen Sie das, wem sagen Sie das. Tässchen Kaffee gefällig?"

„Wenn Sie die Maschine zum Laufen kriegen."

Auf Büttners fragenden Blick hin zuckte Hasenkrug mit den Schultern und sagte: „Frau Weniger hat sie in ihre Einzelteile zerlegt und anscheinend gründlichst gereinigt. Sie ging wohl davon aus, dass sie vor morgen nicht gebraucht würde und sie sie rechtzeitig vor unserem Dienstantritt wieder zusammensetzen könne."

„Heißt das in der Kurzfassung, dass es heute keinen Kaffee gibt?" Büttners Stimmungsbarometer sank spürbar.

„Nee." Hasenkrug grinste. „Das heißt, dass Tonja gleich herkommt, um uns den Tagesvorrat zu bringen."

„Echt jetzt?"

„Jo."

„Sie müssen sie wohl gut behandeln, wenn sie das am Neujahrsmorgen für Sie tut."

„Ich gebe mein Bestes."

„Das tue ich auch", behauptete Büttner. „Dennoch würde Susanne in dem Fall, dass ich sie jetzt anriefe und mein Leid klagte, geduldig zuhören und mir dann ans Herz legen, ich möge noch mal nach Hause fahren, frischen Kaffee ansetzen und mir meine Thermoskanne füllen."

„Tja. Das ist wohl der Unterschied zwischen einer nicht mal einjährigen Beziehung und einer…wie lange sind Sie verheiratet?"

Büttner überlegte. „Irgendwas über zwanzig Jahre, glaube ich."

„Sehen Sie. Und genau bei diesem *Irgendwas* und *glaube ich* dürfte das Problem liegen."

„Meinen Sie?"

„Fragen Sie Ihre Frau."

„Lieber nicht."

Büttner wollte gerade zum Geschäftlichen übergehen, als Hasenkrugs Freundin Tonja zur Tür hereinkam. „Prost Neujahr, die Herren, hier kommt der Kaffee." Sie lächelte gut gelaunt und zog eine große Thermoskanne aus einem Korb. „Brr. Ist ziemlich kalt draußen. Außerdem sind die Nebenstraßen noch ziemlich glatt. Muss wohl einige Unfälle gegeben haben in der letzten Nacht. Zwei Tote. Beide zweiundzwanzig Jahre alt. Furchtbar."

Büttner nickte wissend. Damit war genau das eingetroffen, was er bereits am Abend zuvor prophezeit hatte.

„Umso schöner, dass du dich trotzdem rausgewagt hast", meinte Hasenkrug und kramte drei Tassen aus dem Schrank im Vorzimmer. „Du trinkst doch eine Tasse mit?"

„Gerne", nickte Tonja, wühlte erneut in ihrem Korb und zog eine Tupperdose hervor. „Ich dachte, ihr mögt vielleicht ein wenig selbstgebackenen Apfelkuchen dazu."

Büttners Augen begannen zu leuchten, und diesmal sprang er ungewöhnlich behände auf, um nun auch noch ein paar Teller und Gabeln zu holen.

„Hab auch Schlagsahne dabei." Tonja stellte eine weitere Dose auf den Tisch.

„Wollen Sie nicht in unserem Team mitarbeiten, Frau Feldmann?", fragte Büttner, als sie ihm ein Stück Kuchen auf den Teller schaufelte und einen ordentlichen Klecks Schlagsahne darauf tat. „Wir könnten Verstärkung gebrauchen."

„Sie meinen wohl eher Stärkung, Chef", erwiderte Hasenkrug spöttisch.

„Oder so."

„Habt ihr euren Mörder schon?", wollte Tonja wissen, nachdem sich alle für eine Weile Kaffee und Kuchen gewidmet hatten.

„Nee, immer noch nur `ne Leiche", antwortete Büttner. „Und diverse vorgeladene Zeugen. Aber die kommen erst morgen." Mit einem Blick auf die Uhr fügte er hinzu: „Der einzige, den wir heute noch befragen werden, ist der Weihnachtsmann."

„Der Weihnachtsmann?" Tonja hob fragend die Brauen.

„Heute wird er wohl wieder der Oberbürgermeister sein."

„Verstehe."

„Sie wollen da wirklich hin, Chef?" Aus Hasenkrugs Tonfall war ein gewisser Zweifel herauszuhören.

„Klar. Hab ich doch gesagt."

„Und warum nicht morgen?"

„Da wird er sich mit Terminen herausreden. Heute hat er bestimmt keine. Nur den mit uns", schmatzte Büttner und wischte sich mit einem Papiertaschentuch den Mund ab.

„Er wird sauer sein."

„Eben. Leute, die sauer sind, sagen so manches, das sie hinterher bereuen."

„Okay. Ich geh dann mal wieder und lasse euch in Ruhe arbeiten." Tonja sprang auf, drückte Hasenkrug einen Kuss auf die Wange, winkte Büttner kurz zu und verschwand zur Tür hinaus.

„Gut", sagte Büttner und nahm einen letzten Schluck Kaffee, „dann machen wir uns mal auf den

Weg. Mal sehen, ob der Herr Oberbürgermeister schon aufgestanden ist."

„Und wenn nicht?" Hasenkrug war bei dem Gedanken, dass sie am frühen Vormittag beim Stadtoberhaupt einfielen, nicht ganz wohl. Schließlich war er nur ein Zeuge und kein Verdächtiger.

„Wissen wir eigentlich inzwischen etwas über unser Opfer?", ignorierte Büttner die Frage seines Assistenten.

„Ja. Frau Doktor Wilkens hat eine Nachtschicht eingelegt und festgestellt, dass der Herr erschossen wurde."

„Na sowas." Büttner zog eine Grimasse. „Sonst nichts?"

„Er hatte sich am Büffet bedient und Bier getrunken. Danach sauberer Schuss ins Herz. Der Mann war sofort tot. Ansonsten nichts Auffälliges. Selbst sein Alkoholspiegel bewegte sich im Bereich der Fahrtüchtigkeit."

„Haben wir seine Adresse? Im Internet habe ich nichts über ihn gefunden."

„Er ist in Uttum gemeldet."

„Hat er Angehörige?"

„Anscheinend nicht. Zumindest haben die Kollegen nichts gefunden. Auch niemanden, den sie hätten benachrichtigen können." Hasenkrug blätterte in seinen Unterlagen. „Er lebt laut Melderegister alleine auf einem abgelegenen Bauernhof, den er vor zehn Jahren von seinen verstorbenen Eltern geerbt hat. Milchwirtschaft. Keine Geschwister, keine Frau, keine Kinder."

„Ein Kandidat für *Bauer sucht Frau*, scheint mir."

„Jetzt nicht mehr."

„Da haben Sie auch wieder recht. Vorstrafen?"

„Nicht mal ein Knöllchen für Falschparken."

„Klingt nicht gerade nach einem ausschweifenden Leben."

„Eine arme Sau, würde ich sagen."

Büttner runzelte die Stirn, dann fragte er: „Sind die Tiere auf dem Hof versorgt?"

„Ja. Die Kollegen haben sich drum gekümmert."

„Gut." Büttner ging zur Garderobe und zog sich seine Winterjacke über. „Dann fahren wir jetzt zuerst zum Oberbürgermeister, danach gucken wir uns mal auf dem Hof um."

Büttner trat auf den Gang hinaus, und sie machten sich auf den Weg zum Auto. „Ich frage mich schon die ganze Zeit, wer so jemanden umbringt. Und vor allem warum. Und wieso auf einem Silvesterball? Wenn der Kerl ganz alleine irgendwo in den ostfriesischen Walachutten lebt, dann wäre es doch ein Leichtes, ihn dort zu erwischen."

„Womöglich eine Affekttat."

„Wie das? Wer nimmt denn eine Pistole mit zu einem Maskenball?"

„Cowboys", schlug Hasenkrug vor. „Und Polizisten. Ich habe zwei davon gesehen. Allerdings standen sie in meiner Nähe und mitten im Gewühl, als der Schuss fiel. Sie scheiden also aus."

„Aber ihre Waffen nicht. Oder haben Sie gesehen, dass sie ihre Waffen zum Zeitpunkt des Schusses bei sich trugen? So was ist schnell entwendet", wandte Büttner ein.

„Das stimmt. Dann ist es aber auch keine Tat im Affekt. Normalerweise handelt es sich bei so einem Ding ja auch um eine Spielzeugpistole."

„Normalerweise ja. Und wie viele Cowboys waren anwesend?" Büttner öffnete die Autotür und stieg ein.

„Zwölf." Hasenkrug setzte sich auf den Beifahrersitz.

„Scheiße. Hat man ihre Schusswaffen gestern noch untersucht?"

„Sie wurden alle konfisziert. Waren aber alle mit Platzpatronen geladen. Es war keine echte Waffe dabei."

„Also doch eine geplante Tat. Mit was für einer Waffe wurde geschossen?"

„SIG Sauer, neun Millimeter."

„Sportpistole also."

„Ja."

„Oh Mann, das wird nicht leicht." Büttner lenkte den Wagen über die nach wie vor ausgestorbenen Straßen. Inzwischen hatte Regen eingesetzt, was bedeutete, dass die Straßen auch tagsüber noch wie Eispisten sein würden.

„Ups!" Als Büttner seinen Wagen Minuten später in die Auffahrt des Oberbürgermeisters lenken wollte, geriet das Fahrzeug gefährlich ins Schlingern. Gerade noch rechtzeitig brachte er es hinter einem SUV zum Stehen.

„Bestimmt der Wagen der Gattin", stellte Hasenkrug fest. „Der OB fährt einen Mercedes. Sieht nicht so aus, als wäre er da."

„Er wird in der Garage geparkt haben."

„Das hieße, dass seine Frau nach ihm nach Hause gekommen ist."

„Gut kombiniert, Hasenkrug. Das merken wir uns mal für den Fall, dass ein Alibi interessant wird."

„Aber er war zur Tatzeit auf dem Ball", entgegnete Hasenkrug.

„Woher wollen Sie das denn wissen? Meines Wissens wurde er lediglich gesehen, als er den Ball nach dem Tötungsdelikt verließ. Das heißt aber noch lange nicht, dass er zur Tatzeit da war."

„Er wurde in der Nähe des Opfers gesehen."

„Falsch, Hasenkrug." Büttner hob belehrend den Zeigefinger. „Ein Weihnachtsmann wurde gesehen, und davon gab es, wie wir wissen, drei. Ein dringender Tatverdacht sieht anders aus."

„Und warum sind wir dann hier?"

„Na ja, bei einem der Weihnachtsmänner muss man ja anfangen. Und bei diesem hier macht mir das am Neujahrsmorgen am meisten Spaß."

„Sie wünschen?" Nach mehrmaligem Klingeln wurde die Haustür von einer Frau von vielleicht Mitte fünfzig geöffnet, die in einem weißen Bademantel steckte und reichlich zerstrubbelt aussah. Sie hielt die Hand über die nur halb geöffneten Augen, als müsste sie diese vor der Helligkeit schützen. Und vermutlich musste sie das auch.

Büttner erkannte sie erst auf dem zweiten Blick als die Gattin des Oberbürgermeisters, denn normalerweise tauchte sie in der Öffentlichkeit nur sauber frisiert und geschminkt und vor allem gut gekleidet auf.

Davon konnte an diesem Morgen jedoch keine Rede sein.

„Prost Neujahr, Frau de Boer", sagte Büttner betont munter und stellte sich und seinen Assistenten vor. „Wir sind von der Kriminalpolizei und hätten ein paar Fragen an Ihren Mann."

Die Frau antwortete zeitverzögert, so als müsste sie den Sinn des Gesagten erst einmal erfassen. „Polizei?", krächzte sie dann und räusperte sich vernehmlich. „Um diese Zeit? An einem Feiertag? Ist es denn so wichtig?"

„Wir hätten gerne mit Ihrem Mann gesprochen", wiederholte Büttner, während Hasenkrug von einem Bein auf das andere trat und sich sichtlich unwohl in seiner Haut fühlte.

Wieder folgte eine längere Pause. „Er ist nicht da. Glaube ich." Sie schien nicht richtig wach werden zu wollen.

„Glauben Sie?"

„Wir haben getrennte Schlafzimmer. Er schnarcht."

„Woher wollen Sie dann wissen, dass er nicht da ist?"

„Ich hätte ihn durch die Wand gehört. Er schnarcht sehr laut. Ein Albtraum."

„Aha." Büttner hatte Mühe, den stets so smart und adrett aussehenden Remmer de Boer mit dem durchdringenden Geräusch einer Kettensäge zusammenzubringen. „Sie waren gestern nicht gemeinsam unterwegs?", fragte er, obwohl er die Antwort kannte.

„Nein. Ich hasse solch einen Kostümzirkus! Mit Karneval kann ich auch nichts anfangen. Ist meiner Meinung nach nur was für verklemmte Katholiken."

„Ihr Mann aber anscheinend schon", stellte Hasenkrug fest. „Er schien sich ganz gut zu amüsieren", behauptete er, ohne ihn auf der Party überhaupt gesehen zu haben.

Die Frau sah ihn an, als würde sie seine Anwesenheit erst jetzt bemerken. Sie klappte ein paarmal den Mund auf und zu, doch kam zunächst kein Ton heraus. Dann sagte sie lediglich: „Warum interessiert Sie das eigentlich alles?"

„Ihr Mann wurde auf diesem Maskenball vermutlich Zeuge eines Mordes."

„Eines…sagten Sie, eines…Mordes?" Brigitte de Boer beugte sich nun ein wenig vor, als hätte sie Büttners Aussage nicht richtig verstanden.

„Genau das sagte ich", nickte Büttner. „Anscheinend haben Sie von den Geschehnissen beim Ball noch nichts gehört."

„Geschehnisse?"

„Der Mord."

„Ach so. Ja."

Die Frau schien wirklich neben sich zu stehen, dachte Büttner. Normalerweise reagierten die Menschen deutlich emotionaler, wenn man sie mit dem Begriff Mord konfrontierte.

„Könnten Sie vielleicht mal nachschauen, ob Ihr Mann da ist?", fragte Hasenkrug, dem so langsam kalt wurde.

Brigitte de Boer strich sich durchs wirr vom Kopf abstehende Haar. „Ja. Natürlich. Aber mich brauchen Sie dann ja nicht mehr. Ich würde mich gerne noch mal hinlegen."

Ohne eine Antwort abzuwarten oder die beiden Polizisten gar hereinzubitten, ließ sie die Haustür vor deren Nasen wieder ins Schloss fallen.

„Mann, Mann, Mann, ist die durch den Wind", stöhnte Hasenkrug. „Ich möchte gar nicht wissen, auf was für einer Party die sich gestern herumgetrieben hat. Da war mit Sicherheit mehr als Alkohol im Spiel."

Nach wenigen Minuten ging die Haustür erneut auf. „Mein Mann ist nicht da. Ich habe auch keine Ahnung, wann er kommt. Er hat heute frei."

„Haben Sie denn eine Vorstellung, wo er sich gerade aufhalten könnte?"

Die Frau schüttelte den Kopf, verzog aber im nächsten Moment schmerzverzerrt das Gesicht und griff sich an die Schläfen. Ihr Kater musste einer von der heftigen Sorte sein. „Nein", antwortete sie. „Vermutlich bei einer seiner Schlampen. Aber die Namen merke ich mir schon lange nicht mehr. Die wechseln auch ständig."

Mit so viel Ehrlichkeit hatte Büttner nicht gerechnet, und er brauchte ein paar Sekunden, bis er sich von der Aussage wieder erholt hatte. „Verstehe." Er räusperte sich und gab der Frau seine Visitenkarte. „Wenn Ihr Mann wieder auftaucht, könnten Sie ihm dann bitte sagen, er möge sich bei uns melden? Er ist wirklich ein sehr wichtiger Zeuge."

„Ja. Mache ich. Tschüss." Wieder fiel die Tür ins Schloss.

Doch gerade, als sich Büttner und Hasenkrug zum Gehen wandten, ging die Tür noch einmal auf, und Brigitte de Boer fragte mit träger Stimme: „Wer ist denn eigentlich ermordet worden?"

„Das Opfer heißt Hinderk Eemken", erklärte Hasenkrug. „Sagt Ihnen der Name was?"

„Nö. Nie gehört. Tschüss."

„Tschüss", sagten Büttner und Hasenkrug wie aus einem Mund, nachdem die Dame des Hauses sich zurückgezogen hatte. „Tja", bemerkte Ersterer, als sie wieder im Auto saßen, „das war dann ja wohl nichts. Das einzige, was wir jetzt wissen, ist, dass es mit der Ehe des Herrn Oberbürgermeister nicht zum Besten steht."

„Ja, nur hilft uns das in der Sache leider nicht wirklich weiter", entgegnete Hasenkrug, der sichtlich froh darüber war, dass sie das Stadtoberhaupt nicht zu Hause angetroffen hatten. Remmer de Boer womöglich in einem solch desolaten Zustand zu erleben wie seine Ehefrau – nein, darauf konnte er am ersten Tag des Jahres wirklich ganz gut verzichten.

5

Es war bei diesen winterlichen Straßenverhältnissen wahrlich kein Vergnügen, sich auf Feldwegen durch die Krummhörn zu schlängeln. Doch genau daran kamen David Büttner und Sebastian Hasenkrug an diesem Vormittag nicht vorbei, wollten sie den Bauernhof des Opfers in Augenschein nehmen. Da der Wetterbericht für die nächsten Tage keine Besserung in Aussicht stellte, würde auch eine Verschiebung des Besuches vermutlich keinen Unterschied machen.

„Ich frage mich, wie jemand es aushalten kann, ganz alleine in dieser Abgeschiedenheit zu hausen", bemerkte Hasenkrug, als der Hof von Hinderk Eemken in Sichtweite kam. „Ich würde definitiv verrückt werden. Zumal zu dieser Jahreszeit. Trostloser geht es ja kaum." Er drehte seinen Kopf, doch wohin er auch schaute, sah er praktisch nichts, außer dem auf den ersten Blick wenig attraktiven bäuerlichen Anwesen in trübgrauer Landschaft.

„Ein typischer Aussiedlerhof", stellte Büttner fest, als er seinen Wagen vor einem metallenen Stalltor zum Stehen brachte. „Vermutlich irgendwann in den Siebzigern als Ersatz oder Ergänzung eines bestehenden

Hofes im Dorf erbaut, weil man sich vergrößern wollte." Mit gerunzelter Stirn sah er sich zwischen den schmucklosen Gebäuden um. Dieser Bauernhof hatte nichts von der Erhabenheit traditioneller ostfriesischer Gulfhöfe, sondern bestand aus zwei nach offensichtlich rein funktionalen Kriterien zusammengeschusterten Stallgebäuden und einem wenig anheimelnden Wohnhaus, auf das er jetzt entschlossenen Schrittes zusteuerte.

Im Vorbeigehen vernahm er aus dem geschlossenen Stall die Geräusche von Kühen und das Miauen einer Katze. Außerdem war da ein Geräusch, bei dem er annahm, dass es sich um das einer über Beton kratzenden Forke handelte.

„Da scheint jemand im Stall zu sein", folgerte Büttner und beschloss, Wohnhaus Wohnhaus sein zu lassen und zunächst zu schauen, wer sich hier herumtrieb. Also machte er kehrt und ging wieder Richtung Stalltor, welches sich wenig später mühelos öffnen ließ.

Als er den Stall betrat, verschlug es Büttner für einen Augenblick den Atem, und er griff sich reflexartig an die Nase. Dieser Geruchscocktail aus tierischen Fäkalien, Grassilage und mit Milchpulver zubereitetem Kälberfutter erinnerte ihn unwillkürlich an einen Fall in Greetsiel, als sie den grausamen Mord an einem Journalisten zu untersuchen hatten.

Büttner schielte zu seinem Assistenten, der erwartungsgemäß alles andere als begeistert aussah und gerade angeekelt das Gesicht verzog. Auch der Greetsieler Fall hatte nicht geradezu seinen

Lieblingseinsätzen gehört. Aber da musste er jetzt durch.

„Moin." Kaum, dass sie ein paar Schritte durch den Futtergang gelaufen waren, hörten sie eine Stimme, die quasi aus dem Off zu kommen schien. Zu sehen war auf jeden Fall niemand. Doch nur Sekunden später trat eine junge Frau mitten im Laufstall hinter einer der Kühe hervor und schaute sie misstrauisch an. „Kann ich helfen?", rief sie über die sich dort tummelnden Tiere hinweg.

„Prost Neujahr", rief Büttner zurück. „Wir sind von der Kriminalpolizei." Er stellte sich und Hasenkrug vor. „Darf ich fragen, was Sie hier machen?"

„Wonach sieht`s denn aus?"

„Ähm…irgendwas mit Tieren", grinste Büttner. „Nee, im Ernst. Was ich eigentlich meinte: Sind Sie auf Vermittlung unserer Kollegen hier?"

„Ihrer Kollegen?" Die vielleicht dreißigjährige Frau schien nun ehrlich überrascht. Sie wischte sich die Hände an ihrer nicht eben sauberen Latzhose ab, warf ihre Forke neben den Polizisten in die Silage und stieg Sekunden später durchs Futtergitter zu ihnen auf den betonierten Gang. „Was hat denn die Polizei mit diesem Hof zu tun?"

„Sie wissen von nichts?", fragte Hasenkrug verdutzt.

„Was sollte ich denn wissen?"

„Sie arbeiten hier?"

„Ähm…ja. Ich bin hier angestellt. Wieso?"

„Und da wundern Sie sich nicht, dass Herr Eemken heute nicht da ist?"

„Hinni ist nicht da? Wo ist er denn?"

„Gibt`s hier auch mal `ne Antwort, oder wollen wir uns für den Rest des Tages gegenseitig mit Fragen bombadieren?", knurrte Büttner. „Also, Frau…ähm…"

„Haitinga. Mareike."

„Also, Frau Haitinga, wir müssen Ihnen leider die Mitteilung machen, dass Herr Eemken in der letzten Nacht ermordet wurde."

„Ermordet?", erwiderte sie fast flüsternd. Sie ließ sich auf einen größeren Haufen Silage sinken, der mitten im Gang stand, und starrte für eine ganze Weile ins Leere. Sie schien nicht zu bemerken, dass ihr Tränen über das Gesicht liefen, denn sie wischte sie nicht weg. „Aber wer sollte Hinni denn ermorden?", fragte sie schließlich und sah die Polizisten aus flehenden Augen an. „Das kann doch gar nicht – es muss eine Verwechslung sein."

„Genau das versuchen wir herauszufinden", antwortete Büttner. „Nach unseren Informationen war Herr Eemken alleinstehend."

„Ja. Er…" Sie brachte den Satz nicht zu Ende, sondern sagte stattdessen erneut: „Aber das kann doch gar nicht sein." Sie schien ehrlich erschüttert.

„Seit wann arbeiten Sie für Hinderk Eemken?"

„Seit fünf Jahren ungefähr."

„War Ihr Kontakt rein beruflicher Natur?"

„Ja. Nein." Sie schüttelte den Kopf und wischte sich erstmals über die Augen. „Also, wir kannten uns natürlich auch privat, wie das eben so ist in der Krummhörn. Aber wir hatten keine Beziehung oder so, wenn Sie das meinen. Ich bin seit sechs Jahren verheiratet. Und Hinni war…" Sie zögerte.

„Ja?"

„Ach, er war nett, aber einfach nicht mein Typ."

„Hatte er ein Problem damit?", hakte Hasenkrug nach.

„Ein Problem? Nein. Ich denke nicht. Warum sollte er. Natürlich…" Wieder sprach sie nicht weiter, sondern schien den Satz im letzten Moment zurücknehmen zu wollen.

„Natürlich?"

Büttner bemerkte, dass die Hände der Frau zitterten, als sie sich nun durch die Haare fuhr und sagte: „Er – also Hinderk – er war sehr allein. Er hätte sich, glaube ich, eine Frau gewünscht. Aber es hat nie so richtig geklappt."

„Es hat also Frauen gegeben?"

„Ja. Sicher. Aber keine wollte auf Dauer hier… versauern." Sie verstummte und machte eine raumgreifende Bewegung mit dem Arm. „Den Frauen war es zu einsam hier. Irgendwann haben sie die Sachen gepackt und waren weg."

„Wie lange dauerten die Beziehungen?"

Mareike Haitinga zuckte die Schultern. „Die längste sechs Wochen vielleicht. Länger nicht."

„Wie viele waren es?"

„Zwei oder drei. Vielleicht auch mehr. So genau hab ich es nicht immer mitgekriegt. Die waren eben schnell wieder weg. Ist bestimmt schon ein Jahr her, dass ich eine hier gesehen hab."

„Haben Sie sich nicht gewundert, dass Herr Eemken heute Morgen nicht im Stall war?", wechselte Büttner das Thema.

„Nein. Ich bin noch nicht lange hier, eine halbe Stunde vielleicht. Ich habe gedacht, dass Hinni nach dem Melken und Füttern wieder ins Haus ist. Er wollte doch gestern auf den Silvesterball, und da hab ich angenommen…" Sie stutzte. „Hat man ihn dort…?"

Sie schien die Meisterin der unvollendeten Sätze zu sein, dachte Büttner, und antwortete: „Ja. Er wurde erschossen."

„Erschossen?" Mareike Haitinga riss ihre Augen auf, und nun zitterte sie am ganzen Körper. Büttner wusste nicht zu sagen, ob es vor lauter Entsetzen war, oder ob sie fror, weil sie im doch recht kühlen Stall keine Jacke, sondern nur ein Flanellhemd trug. Vermutlich war es eine Mischung aus beidem. „Wer geht denn… ich meine, wer hat denn…warum schießt denn jemand ausgerechnet auf Hinni? Er hat doch keinem was getan."

„All das ist Gegenstand unserer Ermittlungen", erwiderte Hasenkrug. „Wo waren Sie denn in der letzten Nacht? Nicht zufällig auch auf dem Ball?"

„Doch. Ich war auf dem Ball", sagte sie zu Büttners Überraschung. „Hinni hatte mir Karten geschenkt. Zum Geburtstag. Ich war mit meinem Mann da. Aber es hat uns nicht gefallen. Wir sind früh wieder gegangen."

„Wie früh?"

Mareike Haitinga überlegte kurz, dann sagte sie: „So gegen acht vielleicht."

„Und wohin sind Sie dann gegangen?"

„Wir sind in die Stadt. Ins Sam`s. Da gab`s auch `ne Party."

„Sind Sie dort im Kostüm hin?"

„Nein. Wir haben uns zu Hause umgezogen und sind dann los. Die Party hat uns dann deutlich besser gefallen."

„Welches Kostüm haben Sie denn auf dem Maskenball getragen?", wollte Hasenkrug wissen.

„Engel und Teufel. Ich war der Engel, mein Mann der Teufel."

„Haben Sie Herrn Eemken auf dem Ball getroffen, mit ihm gesprochen?" Hasenkrug zuckte zusammen, weil ihm plötzlich irgendwas um die Beine strich. Es war allerdings nur die Katze, wie er erleichtert feststellte.

„Nein. Ich hatte auch keine Ahnung, was er für ein Kostüm trug", schluchzte sie, und erneut füllten sich ihre Augen mit Tränen.

„Er hat Sie offensichtlich auch nicht erkannt. Bestimmt hätte er Sie dann angesprochen."

„Ja. Sicher", schniefte sie. „Aber das mit dem Erkennen ist ja immer so `n Ding auf solchen Partys."

„Wem sagen Sie das", seufzte Büttner.

„Ich weiß gar nicht, ob Hinni so früh schon da war. Normalerweise ist er immer erst gegen neunzehn Uhr mit dem Melken fertig."

„Okay. Ich denke, das war`s dann fürs Erste", sagte Büttner. „Vielen Dank, Frau Haitinga. Wir würden uns jetzt gerne noch im Haus umsehen."

„Ich könnte Ihnen aufschließen." Die Frau wischte sich mit dem Ärmel über die laufende Nase und kramte einen Schlüsselbund aus der Latzhose.

„Nicht nötig. Herr Eemken hatte einen bei sich. Den haben wir mitgebracht."

„Oh. Na klar. Ich…mach mich dann mal wieder an die Arbeit. Ach, Herr Kommissar, ich…"

„Ja?" Büttner, der schon im Begriff war zu gehen, drehte sich noch mal zu ihr um.

„Wie geht`s denn hier jetzt weiter? Ich meine…hab ich jetzt meinen Job noch?"

„Ach so. Ja. Hm." Büttner strich sich übers Kinn. „Das muss in den nächsten Tagen geklärt werden. Ich sage im Kommissariat Bescheid, dass derjenige, der heute zum Melken hier war, mit Ihnen Kontakt aufnimmt. Dann können Sie sich für die nächsten Tage absprechen. Oder wollen Sie die Vertretung selbst organisieren? Das ginge natürlich auch."

„Ja." Sie nickte entschlossen. „Wir haben hier so eine Art Vertretungsplan, falls mal jemand ausfällt. Ich kläre das mit den umliegenden Bauern, dann klappt das schon."

„Wunderbar. Dann kommen wir auf Sie zu, falls wir noch Fragen haben."

Mareike nickte zerstreut. „Ja. Machen Sie das." Dann nahm sie die Forke in die Hand und machte sich wieder an die Arbeit.

Das Innere des Wohnhauses machte einen fast noch tristeren Eindruck als sein Äußeres. Büttner vermutete, dass der Bauer seit dem Tod seiner Eltern keine neuen Möbel mehr angeschafft hatte. Alles, was hier stand, war, so schätzte er, mindestens drei Jahrzehnte alt. Einige Möbelstücke schienen noch aus Urgroßmutters Zeiten zu stammen. Auch die im ganzen Haus auf Tischen und Anrichten liegenden Häkeldeckchen trugen ganz sicher nicht die Handschrift eines Mannes in den

Vierzigern, und auch die zahllosen Nippes-Figuren wirkten wie Relikte aus einer längst vergangenen Zeit.

„Irgendwie wundert es mich nicht, dass die Frauen aus dieser Hütte Reißaus genommen haben", bemerkte Hasenkrug beklommen und stellte eine schreiend hässliche Porzellanfigur zurück an ihren Platz im Regal. „Hier mussten sie sich ja vorkommen wie in einem Mausoleum. Gucken Sie sich nur diese gruseligen Ölschinken an, Chef. Also, wenn die darauf dargestellten Personen die Urahnen der Eemkens sind, dann wundere ich mich lediglich darüber, dass diese Linie nicht schon viel früher ausgestorben ist."

Büttner betrachtete andächtig die Portraits anämisch bis scheintot wirkender Damen und despotisch-debil dreinblickender Herren, dann erwiderte er trocken: „Alles eine Frage von Hektar, würde ich mal behaupten."

Die beiden Polizisten wollten sich gerade in der Küche umsehen, als sie an der Haustür zunächst ein Schaben und dann das unverkennbar Quietschen schlecht geölter Scharniere hörten. „Harro, aus! Harro, sitz! Harro, Platz!", zischten im nächsten Augenblick Befehle wie Gewehrsalven durchs Haus. Offensichtlich vergeblich, denn noch ehe Büttner sich`s versah, hing ihm schon eine Deutsche Dogge auf den Schultern und schleckte ihm mit einer solchen Begeisterung durchs Gesicht, als handelte es sich beim Kommissar um die Reinkarnation eines lange verschollen geglaubten Knochens.

„Sie müssen schon entschuldigen, aber Harro ist noch nicht so gut erzogen", erklärte die mit dem

Hund hereingekommene ältere Frau. „Er ist noch sehr jung." Sie versuchte vergeblich, die Dogge von Büttner wegzuziehen, machte nach dem vierten Anlauf jedoch eine wegwerfende Handbewegung und sagte: „Ach, der tut nix. Der will nur spielen."

„Hasenkrug, nun stehen Sie da doch nicht herum wie in Beton gegossen! Schaffen Sie mir den Hund vom Leib, egal wie!" Laut fluchend stieß Büttner dem Hund immer wieder in den Bauch, doch der schien dies für ein besonders lustiges Spiel zu halten und schleckte immer wilder.

Hasenkrug hatte keine Ahnung von Hunden, also tat er das, was er als kleiner Junge von seinem Großvater für den Fall eines Falles gelernt hatte: Er legte Zeige- und Mittelfinger in den Mund und stieß einen schrillen Pfiff aus.

Daraufhin dauerte es keine Sekunde, bis Harro von dem Hauptkommissar abließ, der sich nun angewidert mit dem Ärmel seiner Jacke durchs Gesicht wischte. „Was war denn das", fauchte er die Dame wütend an, als Harro schwanzwedelnd in die Küche lief und sich an seinem Trockenfutter zu schaffen machte, „können Sie Ihren Hund denn nicht richtig erziehen? Er ist ja eine Gefahr für..."

„Oh nein, nein!", hob die Dame belehrend den Zeigefinger. „Da verstehen Sie aber was falsch. Harro ist nicht mein Hund. Ich wollte ihn nur zurückbringen. Ich passe manchmal auf ihn auf, wenn Hinni nicht da ist. Und gestern war doch Silvester mit all der Ballerei. Da hab ich zu Hinni gesacht, dass Harro mal besser zu mir kommen soll, damit er nicht so `ne Angst haben muss. Harro ist nämlich ein ganz Ängstlicher, müssen Sie wissen."

„Ach, was Sie nicht sagen", knurrte Büttner. Er fragte sich, wo, um alles in der Welt, in dieser Einöde Silvesterböller zu hören sein sollten.

„Jo. Und da hab ich zu Poppe, was mein Mann ist, gesacht, dass es ja keinen Unterschied macht, ob wir nun zwei oder drei Hunde im Haus haben. Konnte der nix gegen sagen. Und da hat Hinni Harro gestern eben zu uns gebracht." Sie legte den Kopf schief und sah Büttner kritisch an: „Sie haben da was an der Stirn. Was Glitschiges. Kann das wohl Sabber von Harro sein?"

Büttner schnaubte, riss ein Papiertaschentuch aus der Jackentasche und wischte sich damit erneut hektisch übers Gesicht. „Sie sind eine Nachbarin von Herrn Eemken?", fragte er dann hörbar gereizt.

„Ja, kann man vielleicht so sagen", nickte sie. „Wir wohnen ein paar Höfe weiter, mehr Richtung Pewsum, Poppe und ich. Die Kinder sind nun ja schon `n büschen aus `m Haus." Erst jetzt schien sie sich zu fragen, was denn eigentlich die beiden fremden Männer hier zu suchen hatten, denn sie sagte: „Sie sind wohl Freunde von Hinni." Sie linste an Hasenkrug vorbei in die Küche und fragte: „Ist Hinni im Stall?"

„Nein, der ist tot", rutschte es Büttner heraus, woraufhin Hasenkrug ihn entgeistert ansah und den Kopf schüttelte. Aber es war zu spät.

„Tot? Wie, tot?" Die Frau schlug sich erschrocken die Hände vor den Mund.

„Ganz tot."

Büttner schien es zu Hasenkrugs Verdruss nun auf die arme Frau abgesehen zu haben. „Herr Eemken wurde in der letzten Nacht erschossen", beeilte er sich deshalb zu sagen, als sein Chef den Mund öffnete, um womöglich zum nächsten Tiefschlag auszuholen. „Es tut uns sehr leid."

„Ach du liebes Lottchen!" Die Frau, nun ganz bleich im Gesicht, lief in die Küche und griff nach dem Wasserkessel. „Darauf brauche ich erstmal einen Tee. Wollen Sie auch einen?"

„Nein", sagte Büttner mit Blick auf den Hund, der mit dem Fressen fertig war und – anscheinend unschlüssig, was er jetzt tun sollte – von einem zum anderen schaute.

„Gerne", sagte Hasenkrug.

Die Frau schien Hasenkrugs Antwort mehr Gewicht beizumessen als der seines Chefs, denn sie stellte nun drei Tassen auf den Küchentisch.

„Es wundert mich, dass sich der Tod von Herrn Eemken noch nicht rumgesprochen hat", meinte Hasenkrug, als er unter Büttners vernichtendem Blick auf einem Stuhl Platz nahm.

„Was soll sich denn heute wohl rumsprechen", erwiderte die Frau, während sie ein Schälchen mit Kluntjes auf dem Tisch platzierte. „Liegen doch nach der Nacht alle in sauer."

„Da könnten Sie recht haben", stimmte Hasenkrug ihr zu. „Ich hatte gerade nicht daran gedacht, dass heute Feiertag ist."

„Können Sie sich vorstellen, warum jemand Ihren Nachbarn erschossen hat?", fragte Büttner, nachdem die Frau ihre erste Tasse Tee geleert hatte, und ließ sich nun ebenfalls auf einem Stuhl nieder.

Hasenkrug atmete erleichtert auf. Anscheinend hatte sein Chef sich wieder eingekriegt.

„Tja, warum wohl sollte jemand den armen Hinni umbringen." Die Frau schien sich nun wirklich Gedanken zu machen, denn sie legte den Kopf in den Nacken und starrte an die Decke. „Nee", sagte sie nach einer ganzen Weile. „Nee, da fällt mir wirklich nix zu ein. Ausgerechnet Hinni. Nee." Sie schluchzte kurz auf und fügte mit feuchten Augen hinzu: „Nur gut, dass seine Eltern das nicht mehr erleben müssen. Es hätte ihnen das Herz gebrochen. Sie waren immer so stolz auf den Jungen. Der arme Hinni. Er ruhe in Frieden."

„Frau…ähm…entschuldigen Sie, bitte. Hatten Sie Ihren Namen schon genannt?", fragte Büttner.

„Nee. Sie aber auch nicht."

„Stimmt." Büttner räusperte sich, bevor er sich und Hasenkrug vorstellte. „Wir sind von der Kriminalpolizei."

„Das hab ich mir wohl schon gedacht", erwiderte die Frau. „Mein Name ist Kromminga. Hermine Kromminga."

„Also, Frau Kromminga, haben Sie auch die Frauen gekannt, mit denen Hinderk Eemken verkehrte?", stellte Büttner seine Frage.

„Sie meinen die, die ihn nur ausgenutzt haben?", entgegnete sie emotionslos.

„Die Frauen haben ihn ausgenutzt?"

„Ja. Sicher. Und dann sind sie auf und davon, die undankbaren Geschöpfe. Dabei hätte ich ihm eine liebe Frau wirklich gegönnt. Aber er ist ja immer nur an die falschen geraten."

„Wissen Sie, wo Herr Eemken die Frauen kennen gelernt hat?"

„Nee. Aber ich nehme an, dass der die im Computer gefunden hat."

„Im Computer? Auf Dating-Portalen? Wie kommen Sie darauf?"

Hermine Kromminga nahm ihre Tasse in die Hand und lehnte sich im Stuhl zurück. „Seit Hinnis Mutter gestorben ist, komme ich einmal die Woche zum Putzen. Na ja, und manchmal hab ich dann Hinni in seinem Büro sitzen sehen, und da war er dann am Computer."

„Hat er sich Fotos von Frauen angeguckt?"

Die Frau beugte sich ein wenig vor, legte die Hand an den Mund und raunte: „Nee. Der hat mit denen gesprochen."

„Aha. Via Skype, nehme ich an."

„Weiß nicht, wie die hießen."

„Ich meine, er hat mit den Frauen geskypt. Das heißt, er hat mit ihnen telefoniert und konnte sie dabei auf dem Bildschirm sehen."

„So muss das wohl gewesen sein."

„Sie haben aber nie mit ihm darüber gesprochen."

„Nee. Das geht mich ja nun wirklich nix an, was der in seinem eigenen Haus macht."

„Und einige der Frauen haben Sie dann hier in der Wohnung wiedergesehen?", wollte Büttner wissen.

„Von *denen*?" Das letzte Wort spuckte sie geradezu aus, so empört schien sie jetzt. „Nee, von *denen* war keine hier."

„Aha. Können Sie mir sagen, wo der Computer von Herrn Eeemken jetzt ist?"

„Wo soll der wohl sein. In seinem Büro, nehme ich an."

„Und wo finden wir sein Büro?"

„Gleich um die Ecke, zweite Tür rechts."

Büttner machte Hasenkrug ein Zeichen, dass er den Rechner an sich nehmen solle. Sie würden ihn in ihrer IT-Abteilung untersuchen lassen. „Kennen Sie die junge Frau, die bei Herrn Eemken im Stall aushilft?", fragte er dann.

„Sie meinen bestimmt Mareike. Natürlich kenne ich die. Ist ja meine Nichte."

„Ach was."

Hermine Kromminga griff nach einem Apfel, der in einer Schale auf dem Tisch lag, und biss herzhaft hinein. „Ja", sagte sie, „Mareike ist ein tüchtiges Mädchen. Gibt ja heutzutage nicht mehr viele, die sich bei der Arbeit schmutzig machen wollen. Aber Mareike mochte das schon immer, die Arbeit im Stall und so."

„Wie standen Herr Eemken und Mareike zueinander? Verstanden sie sich gut?"

„Hm."

„Was heißt *Hm*?"

Hermine Kromminga wiegte den Kopf hin und her. „Na ja, Hinni hatte ein Auge auf Mareike geworfen, das konnte man wohl merken. Als sie dann Dirk geheiratet hat, war er wochenlang schlecht gelaunt."

„Trotzdem hat sie bei ihm den Job bekommen", wunderte sich Büttner.

„Na ja, er brauchte ja jemanden. Ist nicht ganz leicht, landwirtschaftliche Helfer zu finden. Will ja keiner mehr machen."

„Bei der Arbeit hat es aber keine Probleme gegeben."

„Na ja." Wieder wiegte sie den Kopf. „Irgendwann kam Mareike nach Hause und wollte alles hinschmeißen. Das hat mir meine Schwester, also ihre Mutter, erzählt. Mareike meinte damals wohl, sie könne die Zudringlichkeiten nicht mehr aushalten."

„Zudringlichkeiten?" Büttner wurde hellhörig. „Wie muss ich mir das vorstellen?"

„Er hat wohl versucht sie zu küssen – und so."

„Er würde also sexuell übergriffig", brachte Büttner es auf den Punkt.

„Ja." Hermine Kromminga zuckte mit den Schultern. „Hinni stand eben immer unter Strom, wenn Sie wissen, was ich meine. Ist ja auch nicht leicht für einen jungen Mann, wenn er so alleine ist."

„Das entschuldigt aber keine Zudringlichkeiten."

„Es war dann ja alles wieder gut", sagte sie ausweichend.

„Hat jemand zwischen den beiden vermittelt?"
„Dirk."

„Ihr Ehemann?" Büttner hob erstaunt die Brauen.

„Jo. Der ist hin, hat Hinni wohl ordentlich vermöbelt und die Sache war vorbei."

Büttner leerte seine Tasse und sagte: „Mit vermitteln meinte ich eigentlich etwas anderes. Neigt dieser Dirk öfter zu Gewalt?"

„Nö. Nicht mehr als andere Männer jedenfalls. Denen sitzt doch allen die Faust locker. So sind sie nun mal."

„Herr Eemken hat sich also von Mareikes Mann verprügeln lassen, sie durfte und wollte aber dennoch weiter bei ihm arbeiten. Klingt etwas seltsam, wenn Sie mich fragen."

„Mareike ist kein nachtragender Mensch. Das war für sie dann in Ordnung so."

„Na gut. Dann will ich das jetzt mal so stehen lassen." Büttner machte sich eine gedankliche Notiz, dass er unbedingt mit diesem Dirk und auch noch mal mit Mareike würde sprechen müssen.

„Und was wird jetzt aus Harro?" Hermine Kromminga wechselte nach einem Moment des Schweigens unvermittelt das Thema und schaute voller Mitleid auf den Hund, der sein Herrchen jedoch noch nicht zu vermissen schien, sondern gerade mit Hingabe und sichtlich zufrieden an einem Gummistiefel kaute.

„Könnten Sie sich erstmal um ihn kümmern? Vielleicht bis morgen? Dann würde ich einen Kollegen vorbeischicken, der ihn ins Tierheim bringt", meinte Büttner nach kurzem Zögern.

Hermine Kromminga sprang wie angepiekst auf und stemmte die Hände in die Hüften. „Ins Tierheim! Da hört sich doch wohl alles auf! Was sind Sie nur für ein herzloses Geschöpf, Herr Kommissar!" Ihre Augen schienen nun Blitze auf Büttner abzuschießen. „Aber wen wundert das schon. Wenn einer ewig mit Toten zu tun hat, da wird man wohl komisch. Ins Tierheim! Pah! Nur über meine Leiche!"

„Und was dann?", fragte Büttner scheinheilig. „Ich sehe leider keine andere Möglichkeit."

„Harro kommt natürlich mit zu uns!", sagte sie im Brustton der Überzeugung. „Ist doch nun wirklich egal, ob man zwei oder drei Hunde im Haus hat."

„Na, das finde ich aber sehr großherzig von Ihnen", lächelte Büttner, stand nun seinerseits auf und schüttelte ihr freundschaftlich die Hand. „Wirklich, sehr, sehr großherzig."

Mit diesen Worten drehte er sich um und folgte seinem Assistenten, der einen Laptop unter dem Arm trug, zufrieden zur Tür hinaus.

Da hatte er doch mal wieder genau das erreicht, was er wollte.

6

Mareike lugte durch einen schmalen Spalt in der Stalltür und vergewisserte sich, dass sich die Polizisten tatsächlich ins Auto setzten und wegfuhren. Auf gar keinen Fall wollte sie ihnen an diesem Tag noch einmal über den Weg laufen. Gut möglich, dass in ihrem jetzigen Zustand die ganze Wahrheit aus ihr herausgesprudelt wäre, und das durfte nicht passieren.

Nachdem die Kommissare sich von ihr verabschiedet hatten, um ins Wohnhaus zu gehen, war sie wenig später auf leisen Sohlen durch einen Seiteneingang hinter ihnen hergeschlichen, um sie hinter einem Wandvorsprung stehend zu belauschen. Vielleicht, so hatte sie sich gedacht, würde sie auf diesem Wege ein wenig mehr über die Hintergründe zum Mord an Hinni erfahren. Zu ihrem Verdruss aber hatten die beiden sich in erster Linie über die – zugegebenermaßen wirklich abscheuliche – Wohnungseinrichtung unterhalten.

Und dann war plötzlich ihre Tante Hermine hereingekommen. Ausgerechnet! Denn wenn eine nicht die Klappe halten konnte, dann ganz gewiss diese olle Klatschbase, die man im Dorf nicht ohne Grund *Olschke Weest-du-all*[1] nannte. Zu dumm, dass sie ausgerechnet dann hier auftauchen musste, wenn die Polizei da war!

Um Hermine und vor allem dem Hund auszuweichen, hatte Mareike sich für eine Weile in eines der Zimmer verdrückt. Nur gut, dachte sie, dass Harro so intensiv mit dem Kommissar beschäftigt gewesen war, sonst hätte sie fürchten müssen, dass er ihren Geruch aufnahm und ihre Anwesenheit verriet. So aber hatte sich der Hund völlig auf den Polizisten konzentriert.

Sie selbst hatte ihre Ohren später an die geschlossene Küchentür gepresst und wie befürchtet mitbekommen, dass Hermine genau die Geschichte zum Besten gab, die sie, Mareike, damals ihrer Mutter erzählt hatte.

Eine Story also, die so nie gestimmt hatte. Außer, dass Dirk und Hinni aufs Übelste aneinandergeraten waren, natürlich. Niemals hätte sie damals gedacht, dass ihr Mann zu solch einem Gewaltausbruch überhaupt fähig war. Selbstverständlich war er kein Weichei, sondern durchaus ein Mann, der seinen Willen auch durchzusetzen wusste; aber dass er dermaßen ausrasten und Hinni krankenhausreif schlagen würde, nein, das hatte sie nun wirklich nicht ahnen können. Denn eigentlich war Dirk ein friedliebender Mensch – auch wenn es bei Hermine gerade anders geklungen hatte.

---

1 Plattdeutsch für *Frau Weißt-du-schon*

Als die Polizisten sich von Hermine verabschiedeten, war Mareike schnell in den Stall zurückgehechtet und hatte gehofft, dass die beiden nach dem soeben Gehörten nicht auf die Idee kämen, sie nochmals zu befragen. Denn dass sie dies nach allem, was Hermine von sich gegeben hatte, über kurz oder lang tun würden, stand für sie außer Frage.

Doch Gott sei Dank waren sie nun fürs Erste verschwunden.

Mareike atmete erleichtert aus und bemerkte erst jetzt, dass sie praktisch die ganze Zeit über, die sie hier an der Tür stand, die Luft angehalten hatte.

„Ganz ruhig", sagte sie sich, „du musst jetzt ganz ruhig bleiben."

Mit noch immer weichen Knien ging sie in den Abkalbestall und setzte sich auf einen der vier Stühle, die hier um einen kleinen quadratischen Tisch herum standen. Diese Sitzgruppe diente einzig dem Zweck, sich bei einem Bier und einem Klaren zu erholen, wenn zum Beispiel der Tierarzt mal wieder einem Kalb mittels Kaiserschnitt erfolgreich auf die Welt geholfen oder eine Kuh gegen das nicht selten auftretende Melkfieber behandelt hatte.

Hinni war tot. Alles in Mareike wehrte sich dagegen, diese Wahrheit zu akzeptieren. Es durfte einfach nicht sein. Und es konnte doch auch gar nicht sein. Denn wer, um alles in der Welt, sollte denn ein Interesse an Hinnis Tod haben? Und was sollte jetzt aus ihr werden? Und aus…„Nein!", verbot sie sich diesen Gedanken mit einem schroffen Ausruf selbst. Denn noch wusste sie ja nicht einmal sicher, ob sie sich hierüber überhaupt

Gedanken machen musste. Und ein Problem zu wälzen, das es noch gar nicht gab, war nicht ihre Art. Also musste sie auch nicht ausgerechnet in dieser verfahrenen Situation eine Ausnahme machen, selbst wenn die Frage noch so an ihren Nerven zerrte.

Durch Mareikes Körper fuhr ein eisiger Schauer, als ihr jetzt zum wiederholten Male die Stimme in ihrem Kopf zuraunte: „Du weißt, wer es war! Du weißt, wer es war!" Es fühlte sich an, als hätte diese Stimme ein Antlitz.

Das Antlitz des Teufels.

„Nein", schluchzte sie und presste beide Hände an die Ohren, als könnte sie damit die immer wiederkehrende Stimme abstellen. „Nein, nein, nein!" Sie wusste, wenn es so war, wie sie es vermutete, dann wäre alleine sie schuld an Hinnis Tod. Sie ganz allein. Wie nur sollte sie mit diesem Wissen weiterleben?

Und was, wenn die Polizei herausbekam, was im Vorfeld von Hinnis Tod passiert war?

Mareike versuchte sich dadurch zu beruhigen, dass sie die einzige war, die von den Vorfällen wusste. Bis auf Hinnis Mörder natürlich. Ihr Schwager Christoph. Ja, sie wusste, dass es Christoph gewesen war und kein anderer. Doch dürfte der keinerlei Interesse daran haben, der Polizei sein Wissen mitzuteilen. Also lag es einzig an ihr, ob sie lernte, mit dieser Bürde zurechtzukommen.

Minutenlang saß Mareike nur da und schaukelte mit dem Oberkörper wie in Trance vor und zurück. Doch ganz plötzlich, als wäre ein Blitz in ihren Körper gefahren, schoss sie nach oben und starrte mit weitaufgerissenen Augen ins Leere. Was, wenn Hinni nur das erste Opfer war? Was, wenn sein Tod Christoph nicht ausreichte? Was, wenn sie die Nächste wäre, die er aus dem Weg räumen wollte? Hatte er nicht oft genug gesagt, er könne ihre Anwesenheit nicht mehr ertragen? Hatte er ihr nicht oft genug gedroht, er würde sie fertigmachen, wenn sie nicht parierte?

Von einer nicht zu kontrollierenden Panik ergriffen, spürte Mareike, wie ihr Magen anfing zu rebellieren, und schon im nächsten Moment erbrach sie sich in hohem Schwall auf den Stallboden.

Als der Würgereiz nach einer gefühlten Ewigkeit endlich nachließ, gab Mareike ihren schlottrigen Knien nach und ließ sich auf den nackten Beton sinken.

Was konnte sie tun? Wohin konnte sie gehen, damit Christoph sie nicht fand? Aber würde die Polizei nicht sofort Verdacht schöpfen, wenn sie sich jetzt irgendwo versteckt hielt? Ganz sicher würden sie nach Hermines Quasselei nicht allzu viel Zeit verstreichen lassen, um sie erneut mit ihren Fragen zu behelligen. Wäre sie dann nicht auffindbar, würde man womöglich sie verdächtigen, etwas mit dem Mord an Hinni zu tun zu haben. Und das hatte sie ja auch. Nur eben nicht so, wie es die Polizisten zweifelsohne vermuten würden.

Doch sollte sie es deswegen riskieren, umgebracht zu werden? Wäre es da nicht einfacher, selbst ins Kommissariat zu fahren und zu erzählen, was sie wusste? Vielleicht wäre man sogar bereit, ihr Polizeischutz zu gewähren.

Und wenn nicht? Dann hätte sie sich ganz umsonst in Schwierigkeiten gebracht. Doch war das angesichts der unabwendbaren Tatsache, dass Christoph sie dann erwischen und töten würde, nicht sowieso egal?

Je länger sich Mareike den Kopf zermarterte, desto elender fühlte sie sich. Denn wurde es nicht mit jedem Gedanken deutlicher, dass es für ihr Problem keine Lösung gab?

Durch konzentriertes Ein- und Ausatmen zwang sie sich, ihren bebenden Körper und ihre chaotischen und von Panikattacken getriebenen Gedankengänge wieder in den Griff zu bekommen. Sie brauchte einen klaren Kopf, betete sie sich wie ein Mantra vor, denn es galt, eine kluge Entscheidung zu treffen.

Aber so sehr sie in den nächsten Stunden auch versuchte, die Sache rational anzugehen, so drehten sich ihre Gedanken doch immer wieder im Kreis und liefen schließlich an dem Punkt zusammen, an dem alles, was sie als Handlungsoptionen in Betracht zog, unweigerlich in die Katastrophe führte.

Sie hätte es wissen müssen, dachte sie bedrückt: Diese Geschichte war ihr ganz persönliches Bermuda-Dreieck.

Als sie in dieser Nacht nach einem schrecklichen Albtraum und mit einem fürchterlichen Kater aus dem Schlaf hochschreckte, wusste Mareike zunächst nicht, was mit ihr passiert war. Hatte sie zu viel getrunken oder war womöglich eine Grippe schuld an diesen rasenden Kopfschmerzen? Überhaupt schien sie einen Filmriss zu haben, denn so sehr sie auch überlegte, so wenig konnte sich an den gestrigen Tag erinnern. Nur schemenhaft zogen ein paar Bilder an ihr vorüber, aber…

Hinni war tot! Mareike fuhr erschrocken im Bett auf, ihr Herz klopfte plötzlich so stark, als würde es im nächsten Moment zerspringen. Hinni war tot! Die Polizisten hatten es ihr im Stall mitgeteilt. Ja, jetzt erinnerte sie sich wieder.

Doch was war danach passiert?

Mareike ließ sich in die Kissen zurückfallen und starrte mit weit aufgerissenen Augen an die Decke, auf der die vor dem Fenster vom Laternenlicht angestrahlten Äste bizarre Schatten warfen. Angestrengt versuchte sie, einen klaren Gedanken zu fassen und sich an das zu erinnern, was nach ihrem Gespräch mit der Polizei vorgefallen war, doch schien ihr Gehirn nur noch aus einer ebenso trägen wie schmerzenden Masse zu bestehen.

Schließlich drehte sie einer Eingebung folgend langsam den Kopf und musterte ihren Ehemann Dirk, der leise schnarchend neben ihr lag und seinen vermutlich immer noch anhaltenden Rausch ausschlief.

Dirk! Als wäre sie vom Blitz getroffen worden, zuckte sie plötzlich zusammen und begann, am ganzen Leib zu zittern. Jetzt wusste sie es wieder: Sie hatte nicht zu Dirk zurückkehren wollen! Im Gegenteil war sie fest entschlossen gewesen, überhaupt nie wieder nach Hause zu gehen. Was also machte sie hier in ihrem Bett? Und wie, zum Teufel, war sie hierhergekommen?

Dirk drehte sich im Schlaf um und gab einen grunzenden Laut von sich.

Und plötzlich wusste Mareike, was sie zu tun hatte.

7

Als David Büttner und Sebastian Hasenkrug an diesem Neujahrsnachmittag nach einer ausgiebigen Mittagspause wieder ins Kommissariat kamen, warteten im Gang vor ihrem Büro bereits ein Mann und eine Frau mittleren Alters auf sie.

„Moin. Wollen Sie zu uns?", fragte Büttner und schaute die beiden prüfend an. Ihrem Erscheinungsbild nach schienen sie aus besseren Verhältnissen zu stammen.

„Ja. Es ist ja schön, dass Sie sich auch mal hier einfinden. Wir warten bereits seit einer Viertelstunde auf Sie", antwortete der Mann mit autoritärer Stimme. Büttner vermutete, dass er es gewohnt war, den Chef zu geben. Und zwar den der alten Schule, der Teamwork für den Untergang des Abendlandes und eine durch strenge Hierarchien definierte Machtausübung für gottgegeben hielt. So ein Jeder-soll-wissen-wo-sein-Platz-ist-Typ eben.

„Aha." Büttner und Hasenkrug warfen sich einen schnellen Blick zu, wobei Letzterer die Augen verdrehte. „Ich wüsste nicht, dass wir einen Termin hätten", stellte Büttner fest.

„Wir waren gestern auf dem Silvesterball. Man hat uns gebeten herzukommen. Selbstverständlich kommen wir einer Vorladung der Polizei zeitnah nach."

„Da haben Sie`s aber eilig", stellte Büttner fest. „Eigentlich hatten wir mit den Zeugen erst morgen gerechnet. Wegen des Feiertags und der Katerstimmung, wissen Sie."

„Es ist nicht unsere Art, uns bei Festivitäten derart gehen zu lassen", erwiderte die Frau verschnupft. Anscheinend empfand sie es als Zumutung, dass auch nur der Verdacht bestehen könnte, sie oder ihr Mann hätten zu viel getrunken.

„Und da dachten Sie, da kommen Sie mal schnellstmöglich Ihren staatsbürgerlichen Pflichten nach. Das lob ich mir", konnte es sich Büttner nicht verkneifen zu sagen.

„Wir sind mit dem Herrn Oberbürgermeister befreundet. Wir wollten den Verdacht gegen ihn so schnell wie möglich entschärfen", entgegnete der Mann.

„So. Wollten Sie das. Na, dann kommen Sie doch erstmal rein." Büttner hielt ihnen die Tür zu seinem Büro auf und machte seinem Assistenten ein Zeichen, dass er nicht auf die Idee kommen solle, den Gästen eine Tasse Kaffee anzubieten.

„In solch einem ärmlichen Büro sitzt man also, wenn man es nur zu einem Kriminalbeamten gebracht hat", rümpfte die Frau die Nase, nachdem sie sich mit abschätzig verzogenen Mundwinkeln im Büro umgesehen hatte und sich dann sichtlich ungern auf dem einfachen Holzstuhl niederließ. „Mein Mann ist Chefarzt an einer renommierten Privatklinik. Schönheits-Chirurgie. Sie können sich vorstellen, dass sein Büro ein wenig exklusiver anmutet."

„So. Ihr Mann ist also Chefarzt an einer renommierten Privatklinik", spielte Büttner den Beeindruckten, um dann sogleich eine Breitseite abzuschießen: „Und Sie selbst? Was machen Sie so beruflich?"

„Meine Frau hat es nicht nötig zu arbeiten", sagte der Mann schnell.

„Oh, die gnädige Frau Gattin also. Ich bin beeindruckt", erwiderte Büttner trocken. „Da haben Sie es ja weit gebracht."

„Jetzt werden Sie mal nicht unverschämt!", donnerte der Mann los, während die Frau empört nach Luft schnappte und Büttner nur darauf wartete, dass sie theatralisch nach ihrem Riechfläschchen griff. „Wenn ich meine Beziehungen spielen lasse, dann haben Sie morgen keinen Job mehr, damit das mal klar ist!"

„Sie wollen also den werten Herrn Oberbürgermeister vor einen lebenslangen Aufenthalt im Knast bewahren", ignorierte Büttner bewusst die Drohung, weil er wusste, dass dies den Mann zur Weißglut treiben würde. Er behielt recht.

„Haben Sie eigentlich verstanden, was ich gerade zu Ihnen gesagt habe?!", bellte sein Gegenüber nun in den Raum.

„Würden Sie mir fürs Protokoll verraten, wie Sie heißen?", ließ sich Büttner nicht aus der Ruhe bringen.

Der Mann beugte sich mit zusammengekniffenen Lippen über Büttners Schreibtisch und drohte ihm

mit dem Zeigefinger. „Jetzt hören Sie mir mal gut zu",
zischte er, doch weiter kam er nicht.

„Wenn Sie also so freundlich wären, mir Ihre Namen
zu nennen, sonst müsste ich unser – hm – Gespräch an
dieser Stelle leider abbrechen", unterbrach Büttner ihn
unbeirrt. „Ihnen würde dann in den nächsten Tagen
eine Anzeige wegen Behinderung der Ermittlungen
zugestellt."

Der Chefarzt schien für einen Moment abzuwägen,
ob Büttner womöglich bluffte, doch anscheinend
kam er zu dem Ergebnis, dass es besser sein würde, es
nicht darauf ankommen zu lassen. „Professor Doktor
Doktor h. c. Ferdinand Kaiser", presste er zwischen den
Zähnen hervor.

„Und die werte Frau Professor Doktor Doktor h.
c. Ferdinand Kaiser trägt welchen Vornamen?", fragte
Büttner gelassen, während er so tat, als würde er sich
eifrig Notizen machen.

„Ich heiße Patricia." Auch sie klang nun, als würde
sie am liebsten zur Handgranate greifen.

„Patricia Kaiser? Ohne jeglichen Titel?"

„Ja."

„Wie konnte denn das nur passieren? Na ja, ist ja
auch egal. Welches Kostüm haben Sie denn beim Ball
getragen?"

„Warum ist das wichtig?" Der Chefarzt sah ihn
misstrauisch an, während er an seinem rechten
Ohrläppchen herumzupfte. Es schien eine Marotte von
ihm zu sein, dachte Büttner, denn er tat es praktisch
nach jedem Satz, den er von sich gab.

„Um Ihre Anwesenheit auf dem Ball verifizieren zu können." Er hob kurz den Blick von seinem Zettel auf, als er hinzufügte: „Noch ist ja jeder der Anwesenden verdächtig."

„Wenn`s unbedingt sein muss." Ferdinand Kaiser räusperte sich, bevor er sagte: „Ursula von der Leyen und Franz Josef Strauß."

„Ach, Sie waren das."

„Was soll denn das nun schon wieder heißen?", fuhr die Chefarztgattin gereizt auf.

„So." Büttner ließ seinen Kugelschreiber auf den Schreibtisch fallen und lehnte sich zurück. „Und nun verraten Sie mir mal, warum Sie davon ausgehen, der Oberbürgermeister stünde unter Mordverdacht."

„Brigitte, also seine Frau, hat uns von Ihrem unverschämt frühen Besuch am Morgen erzählt", erklärte Ferdinand Kaiser. „Sie hat uns danach gleich angerufen. Es war uns sofort klar, dass wir hier etwas klarstellen müssen."

„So, war Ihnen das. Wie genau hat Frau de Boer sich denn ausgedrückt, als sie Ihnen von dem Verdacht erzählte?", mischte sich erstmals Hasenkrug ins Gespräch.

„Sie sagte, Sie würden nach ihrem Mann fahnden", erwiderte Patricia Kaiser.

„Ja", nickte Büttner, „das passt."

„Was passt?"

„Ich hatte gleich den Eindruck, dass Frau de Boer unter dem Einfluss von, sagen wir mal, bewusstseinserweiternden Mitteln stand, als wir sie aufsuchten. Umso erstaunlicher, dass sie anscheinend in der Lage war zu telefonieren. Hätte ich nicht gedacht." Also sollten wir uns auch diese Dame nochmal vorknöpfen, fügte er in Gedanken hinzu.

„Sie wollen einer solch ehrenwerten Frau doch nicht unterstellen, dass sie…", schoss der Chefarzt erneut von seinem Stuhl hoch.

„Vielleicht interessiert es Sie zu hören, dass wir Remmer de Boer lediglich als Zeugen befragen wollen, nicht als Verdächtigen", schnitt ihm Büttner mit einer Geste das Wort ab. „Allerdings scheint mir der Gedankengang seiner Ehefrau ein nicht ganz uninteressanter zu sein. Es muss doch schließlich einen Grund haben, warum sie ihren Mann innerhalb weniger Minuten von einem Zeugen zu einem Verdächtigen beförderte. Wir werden uns das wohl noch mal genauer ansehen müssen."

Dem Ehepaar war während seiner Ausführungen die Kinnlade heruntergefallen. „Remmer ist gar nicht verdächtig?", stammelte Ferdinand Kaiser nach mehreren Schrecksekunden.

„Hat seine Frau das wirklich behauptet?", stellte Hasenkrug die Gegenfrage.

„Ja", kam es recht kleinlaut zurück, „das hat sie tatsächlich. Sie war darüber ganz – ähm – echauffiert."

„Nun, das können Sie dann ja beizeiten mit ihr klären", meinte Büttner. „Ich wüsste jetzt gerne noch, ob Sie beide während des Balls etwas beobachtet haben. Wo hielten Sie sich denn zum Zeitpunkt der Schüsse auf?"

„Wir standen mit Remmer de Boer zusammen an der Cocktailbar", sagte Patricia Kaiser ohne zu zögern.

„Ist es richtig, dass Herr de Boer ein Weihnachtsmannkostüm trug?"

„Ja."

„Und seine Begleitung?"

„Seine Frau war nicht auf dem Ball."

„Das wissen wir. Von ihr rede ich auch nicht. Aber angeblich war er dennoch nicht alleine auf der Party, wie diverse Zeugen übereinstimmend aussagten." Zwar konnte sich Büttner nur an eine diesbezügliche Aussage erinnern, aber er dachte, dass es der Wahrheitsfindung womöglich dienen würde, wenn er ein wenig übertrieb.

Er sollte recht behalten.

„Nun ja", kam es zögerlich von Ferdinand Kaiser, „seine Frau weiß womöglich nichts davon, insofern…"

„Sie würden sich wundern, *was* seine Frau so alles weiß", spielte Büttner sein Spiel weiter.

„Brigitte weiß über Miriam Bescheid?", rief Patricia aus, schlug sich jedoch sofort die Hand vor den Mund.

„Miriam heißt die Dame also", sagte Büttner zufrieden. „Ist sie seine ständige Begleitung oder hat er sie für diesen Abend womöglich professionell gebucht?"

„Sie – ähm – Miriam – also – ähm…", stammelte Patricia und sah dann hilfesuchend zu ihrem Mann.

„Eine Professionelle also", stellte Hasenkrug nüchtern fest.

„Ja. Sie wurde von einem Escort-Service vermittelt. Sie hat Remmer allerdings schon öfter begleitet, wenn es um – na ja – etwas heiklere Angelegenheiten ging", sagte Ferdinand Kaiser. „Es gibt einfach Anlässe, da ist die eigene Ehefrau – na ja – eher hinderlich."

„Ist das in Ihrem Job auch so?", konnte es sich Büttner nicht verkneifen zu fragen.

Nun war es an Patricia Kaiser, ihren Mann mit so schmalen Lippen zu mustern, wie es das Botox gerade noch zuließ.

„Natürlich nicht", erwiderte der Chefarzt ein wenig zu schnell, woraufhin die Frau einer Schreiattacke nahe zu sein schien, jedoch unübersehbar jede Anstrengung unternahm, um sich vor den Polizisten keine Blöße zu geben.

„Von der Cocktailbar aus können Sie den Mord nicht beobachtet haben, richtig?", fuhr Büttner ungerührt in seiner Befragung fort.

„So ist es. Geschehen ist der Mord ja wohl am anderen Ende des Raumes, wenn wir es richtig mitbekommen haben. Und es waren Massen von Leuten da. Leider auch solche, denen man im richtigen Leben lieber ausweicht, wenn sie einem begegnen." Er verzog so angewidert das Gesicht, als hätte er nicht von Menschen, sondern von Kanalratten gesprochen.

„Haben Sie denn außer dem Herrn Oberbürgermeister noch andere Weihnachtsmänner auf der Party herumlaufen sehen?", fragte Hasenkrug.

„Da wimmelte es nur so von Weihnachtsmännern, wenn Sie mich fragen", antwortete Patricia Kaiser. „Die kamen ja gleich nach den Cowboys. Ich habe zu Remmer auch gesagt, dass ich sein Kostüm denkbar einfallslos finde, aber da gab es nur Gekicher."

„Der Oberbürgermeister hat gekichert?", fragte Büttner verwundert.

„Nein. Natürlich nicht. Miriam hat gekichert. Ich hab mich noch gewundert, was an dieser Feststellung witzig sein soll." Patricia Kaiser machte eine wegwerfende Handbewegung. „Aber manchmal merkt man eben doch noch, woher das dumme Ding kommt."

„Woher kommt denn das dumme Ding?", hakte Büttner gleich ein.

„Sie entstammt einer einfachen Arbeiterfamilie."

„Nein! So was aber auch! Na, *dann* kann ja mit ihr was nicht stimmen." Büttners Stimme triefte jetzt vor Spott.

„Dass Sie ein Herz für die Versager haben, sieht man Ihnen ja schon an", schoss es aus Ferdinand Kaiser heraus.

„Oh-oh", flötete Hasenkrug und hob den Zeigefinger, „wenn das mal nicht nahe an einer Beamtenbeleidigung war!"

„Ich glaube, das genügt für heute." Büttner ließ sich keine Gefühlsregung anmerken und nickte dem Ehepaar Kaiser über den Schreibtisch hinweg zu. „Ich danke Ihnen für Ihre Aussage, sie war in jeder Hinsicht erhellend."

Ferdinand und Patricia Kaiser nickten kurz zurück und verließen dann wortlos den Raum.

„Ist es eigentlich ein schlechtes Zeichen, wenn einem so was wie diese beiden Komiker am ersten Tag des neuen Jahres widerfährt?", fragte Hasenkrug, nachdem sowohl er als auch sein Chef sich nach einem Gang zur Kaffeemaschine wieder gesetzt hatten.

„Auf jeden Fall ist es ein schlechtes Zeichen für die Frau des Oberbürgermeisters, wenn sie ihre Freunde praktisch eigenhändig herschickt, um sich selbst einer Lüge zu überführen", brummte Büttner über den Rand seiner Tasse hinweg.

„Einer Lüge?", wunderte sich Hasenkrug. „Hab ich was verpasst?"

„Na ja", antwortete Büttner nach einem weiteren Schluck Kaffee, „wenn Sie mich fragen, dann war ihr ganzer Auftritt an der Haustür eine einzige Lüge. Denn sie machte mir nicht gerade den Eindruck, als wäre sie dazu in der Lage, einen Telefonhörer auch nur in der Hand zu halten, geschweige denn, in geraden Sätzen in ihn hinein zu sprechen. Und doch rennt sie gleich nach unserem Verschwinden zum Telefon und beschwört ihre Freunde, hierher zu kommen und ihren Mann vor einem vermeintlichen Lebenslänglich zu bewahren. Hm." Er nahm einen Schokoriegel aus der Schreibtischschublade und biss herzhaft hinein. „Entweder hat die total einen an der Waffel", schmatzte er dann, „oder sie ist so gewieft, dass selbst ich noch nicht dahintergekommen bin, was sie mit diesem an Widersinnigkeit kaum zu überbietenden Gehabe eigentlich bezweckt."

„Dann wird uns jetzt wohl nichts anderes übrigbleiben, als genau das herauszufinden", erwiderte Hasenkrug.

Büttner nahm einen zweiten Schokoriegel in die Hand. Er war der Ansicht, dass ihm dieser nach dem Auftritt der Kaisers zustand. „Zunächst einmal gilt es herauszufinden, ob die Oberbürgermeisters in irgendeiner Beziehung zu Hinderk Eemken standen und wenn ja, in welcher", sagte er nach dem ersten

Bissen. „War Eemken womöglich auch politisch aktiv? Kannte man sich aus der Kneipe an der Ecke? Traf man sich in der Sauna oder ging man gar zusammen boßeln? All diese Fragen harren ihrer Beantwortung, Hasenkrug, bevor wir uns auf die de Boers stürzen, um ihnen einen Mord ans Bein zu hängen. Denn womöglich hat Brigitte de Boer nach ausschweifendem Kokain-oder-was-auch-immer-Konsum ja tatsächlich nur halluziatäre…halluzifitäre…ähm, wie heißen solche Anwandlungen, Hasenkrug?"

„Versuchen Sie`s mit Wahrnehmungsstörung oder Sinnestäuschung, wenn das Wort Halluzinationen für Sie zu schwer ist, Chef."

„Nur weil Sie das Adjektiv dazu auch nicht wissen", konterte Büttner eingeschnappt.

„Halluzinogen."

„Angeber."

„Da nich für."

„Gut." Büttner knautschte das Schokoriegelpapier in der Hand zusammen und schmiss es in den Papierkorb, bevor er sich von seinem Platz erhob. „Wie auch immer das alles miteinander verwoben ist, so gönne ich mir jetzt erstmal einen schönen Restfeiertag im Kreise der Familie. Alles Weitere sehen wir dann morgen."

„Gute Idee. Bleibt zu hoffen, dass uns dann angenehmere Zeugen ins Haus flattern als diese Botox-Masken", seufzte Hasenkrug und folgte seinem Chef zum Garderobenständer.

„Vielleicht hätten wir sie dahingehend überprüfen sollen, ob sie ihr Kostüm überhaupt schon abgelegt hatten", schmunzelte Büttner, während er die Bürotür hinter sich zuzog. „Ihre Gesichtszüge wirkten ein wenig starr."

Hasenkrug zuckte die Schultern. „Das könnte auch andere Ursachen haben."

„Nämlich?"

„Den Stock im A...llerwertesten."

8

„Warst du es?" Dirk musterte seinen Bruder mit so durchdringendem Blick, als könnte es ihm auf diese Art gelingen, dessen Gedanken lesen. Vor ihm stand ein Cappuccino, den er jedoch nicht anrührte.

„Was war ich?" Christoph, in einen adretten Anzug gekleidet, lehnte gewohnt lässig in dem Sessel und ließ sich seinen Eisbecher schmecken. Als Dirk ihn an diesem Vormittag anrief und sagte, er müsse ihn dringend sprechen, wusste er zunächst gar nicht, wie ihm geschah. Schließlich waren sie erst vor wenigen Tagen derart in Streit geraten, dass Dirk sich mit den Worten verabschiedet hatte, er wolle ihn nie wiedersehen. Und nun das.

Auf dieses Treffen in der Eisdiele hatte er sich trotz Dirks schroffem Ton aus reiner Neugierde eingelassen. Sein Bruder geriet nicht oft in Rage, also musste irgendetwas Dramatisches geschehen sein. So wie vor wenigen Tagen eben.

Und Christoph, der mehr schlecht als recht an einer Karriere als Schauspieler bastelte, liebte Dramatik. Darum war er hier. Doch mit dem, was jetzt kam, hätte er in seinen kühnsten Träumen nicht gerechnet.

„Hast du Hinni umgebracht?", konkretisierte Dirk seine Frage.

„Was?" Christoph ließ seinen Löffel mit Eis, den er gerade zum Mund hatte führen wollen, wieder in die Schale zurückgleiten und starrte seinen Bruder fassungslos an. „Ich hab mich jetzt verhört, oder? Du hast nicht allen Ernstes gefragt, ob ich jemanden umgebracht habe."

„Doch. Ich fragte dich, ob du es bist, der Hinni auf dem Gewissen hat."

„Ähm…wer genau ist Hinni?"

„Tu nicht so blöd!", fuhr Dirk ihn zischend an. Er bedauerte es jetzt, seinen Bruder in diese Eisdiele bestellt zu haben. Bei sich zu Hause hätte er ihm jetzt wenigstens ordentlich die Fresse polieren können. „Ich rede von Hinderk Eemken, und das weißt du genau!"

„Hinderk ist tot? Warum das denn?" Christoph schien nun ehrlich perplex.

Doch hütete sich Dirk davor, auf diese Show seines Bruders hereinzufallen. Sollte der so perplex tun, wie er wollte, er, Dirk, fiel nicht mehr darauf herein. Schließlich war Christoph Schauspieler, wenn auch ein recht erfolgloser. Aber das Talent, hier einen auf unwissend zu machen, brachte er allemal mit.

Dirk nestelte eine Zeitungsseite aus seiner Jackentasche und knallte sie vor seinem Bruder auf den Tisch.

„Junger Landwirt auf Silvesterball ermordet", las Christoph mit halblauter Stimme und runzelte die Stirn. „Das ist ja `n Ding. Aber nicht besonders schade um den." Er verzog spöttisch die Mundwinkel. „Und nun erzähl mir nicht, dass du um diesen Scheißkerl trauerst."

Als Dirk nicht antwortete, sondern ihn nach wie vor nur mit stechendem Blick musterte, fügte Christoph hinzu: „Ey, Mann, der hat deine Alte gevögelt, und das nicht nur einmal. Sei froh, dass du jetzt deine Ruhe hast vor dem Kerl." Er grinste breit. „Und wer weiß, vielleicht holt sie sich jetzt ja wieder bei dir, was sie braucht."

Nach diesem Frontalangriff musste Dirk an sich halten, um nicht aufzuspringen und seinen Bruder am Kragen über den Tisch zu ziehen. Es war ein Fehler gewesen, sich überhaupt mit ihm zu treffen, er hätte gleich zur Polizei gehen sollen. Er lehnte sich vor und zischte wutentbrannt: „Nun tu nicht so unschuldig, du Bastard! Jeder weiß doch, dass du das beste Motiv von allen hattest, Hinni um die Ecke zu bringen. Pass mal auf, dass die Polizei nichts davon erfährt. Gegen deines nimmt sich mein Motiv geradezu lächerlich aus."

„Du drohst mir? Ausgerechnet du?" Christoph stieß ein raues Lachen hervor. „Wer sagt mir denn, dass du es nicht selbst warst, der Hinni auf dem Gewissen hat? Denn ich", er deutete mit dem Finger auf seine Brust, „ich kann es gar nicht gewesen sein, weil ich den Silvesterball zu diesem Zeitpunkt schon längst verlassen hatte."

„Ha! Woher willst du denn wissen, zu welcher Uhrzeit der Schuss fiel, wenn du angeblich nicht mehr da warst?", rief Dirk so laut aus, dass sich die anderen Gäste zu ihnen umdrehten.

„Halt die Klappe, du Spinner, oder willst du, dass hier alle auf uns aufmerksam werden!", presste Christoph zwischen den Zähnen hervor. Dann klopfte er mit dem Finger auf die Zeitung: „Tja, wer lesen kann, ist klar im Vorteil, kleiner Bruder. Da steht`s doch, direkt unter der Überschrift: *Wer erschoss Hinderk E. drei Stunden vor Mitternacht?*"

„Und wo warst du stattdessen?", wollte Dirk wissen.

„Geht dich nichts an."

„Sagst du es so auch der Polizei? Dann viel Spaß dabei."

„Du drohst mir?"

„Muss ich nicht. Die kommen von selber drauf."

„Ach ja? Und wie sollten die auf mich kommen, wenn du mich nicht bei ihnen anschwärzt?"

„Vielleicht, weil sie Miriam vorladen werden."

„Was?" Nun sparte Christoph nicht an Lautstärke, was ihm einen warnenden Blick des Kellners einbrachte. Offensichtlich standen Dirk und er kurz vor dem Rausschmiss, aber das war ihm völlig egal. „Was hat denn Miriam mit all dem zu tun?"

„Unsere kleine Schwester war mit dem Oberbürgermeister auf dem Ball. Und der ist derzeit der Hauptverdächtige, wie man hört."

„Remmer de Boer soll Hinni erschossen haben? Warum das denn?" Dieser Gedanke erschien Christoph völlig abwegig.

„Wie naiv bist du denn?" Dirk sah seinen Bruder verächtlich an. „Dich muss ich ja wohl kaum daran erinnern, was unsere Schwester mit Hinni zu schaffen hatte, oder?"

Christoph schluckte schwer. So langsam verging ihm der Spaß an der Geschichte. „Und woher willst du wissen, dass der OB unter Verdacht steht? Stand das etwa auch schon in der Zeitung?"

„Nee. Aber ich hab so meine Beziehungen, wie du weißt. Und aus gewöhnlich gut informierten Kreisen hört man, dass Remmer der Hauptverdächtige ist."

„Das wird er wohl kaum auf sich sitzen lassen", stellte Christoph nachdenklich fest.

Dirk grinste breit. „Natürlich nicht. Jetzt bleibt nur abzuwarten, ob Miriam mit ihrer Zeugenaussage ihn ans Messer liefert oder dich." Erstmals nahm er nun einen Schluck von seinem Cappuccino, verzog aber angewidert das Gesicht, weil dieser inzwischen kalt geworden war. „Ich tippe ja auf dich", fuhr er dann fort. „Schließlich lebt sie ganz gut davon, die bevorzugte Gespielin vom OB zu sein. Auf die Annehmlichkeiten, die er ihr bietet, will sie bestimmt nicht verzichten. Du weißt, wie geldgeil sie ist. Für Kohle würde Miriam ihre ganze Familie an den Teufel verkaufen."

„Wie wir alle", erwiderte Christoph nüchtern.

„Wie wir alle, ganz richtig", nickte Dirk. „Also, zieh dich warm an, Bruderherz."

Für eine ganze Weile herrschte angespanntes Schweigen zwischen den Brüdern, bis Christoph fragte: „Und was sagt Mareike dazu, dass ihr Lover jetzt unter den Engeln weilt?"

„Keine Ahnung. Ich hab sie gestern so sternhagelvoll aus Hinnis Stall gezogen, dass sie heute Morgen gar nicht in der Lage war zu sprechen. Nur angestarrt hat sie mich, als würde sie mich umbringen wollen. Keine

Ahnung, was ich nun wieder ausgefressen habe. Ohne mich wäre sie heute Nacht auf dem kalten Betonboden verreckt. Sie kann froh sein, dass ich mich gefragt habe, wo sie bleibt, und zum Hof rausgefahren bin. War wirklich kein Vergnügen bei den Straßenverhältnissen."

„Sie wird dich für Hinnis Mörder halten", grinste Christoph.

„So `n Quatsch."

„Okay, wie auch immer." Er warf einen Blick auf seine Armbanduhr. „Dann hoffen wir mal, dass die Bullen uns noch nicht auf dem Zettel haben", meinte Christoph, legte einen Geldschein auf den Tisch und stand auf. „Ich muss dann mal."

„Lass dir bloß keinen Scheiß einfallen", gab ihm Dirk zum Abschied mit auf den Weg.

„Dito", antwortete Christoph knapp, dann verschwand er zur Tür hinaus.

9

„Wie, er ist nicht da? Wo ist er denn?"
Hauptkommissar David Büttner legte die
Zeitung beiseite, nachdem er zum wiederholten Male
den Artikel zum Mord an Hinderk Eemken gelesen
hatte. Nicht, dass irgendetwas darin gestanden hatte,
was er noch nicht wusste; aber dennoch erhoffte er
sich ein ums andere Mal, doch noch auf irgendetwas zu
stoßen, was ihn in seinen Ermittlungen weiterbrachte.
Dass das Blödsinn war, wusste er selbst. Denn woher
sollten die erhellenden Informationen kommen,
wenn dort immer ein und derselbe Text gedruckt
stand?

„Der werte Herr Oberbürgermeister hat heute
schon zwei seiner Termine verpasst", erklärte Büttners
Sekretärin Frau Weniger. „Ich habe nun schon dreimal
mit seinem Sekretariat telefoniert, aber auch da weiß
man noch immer von nichts. Keine Krankmeldung,
keine Bitte um Terminverschiebung. Nichts. Er ist wie
vom Erdboden verschluckt."

„Hat sein Büro es schon bei ihm zu Hause
versucht?", fragte Büttner.

„Natürlich. Seine Frau sagt, er sei seit dem Silvesterball nicht mehr nach Hause gekommen und habe sich auch nicht bei ihr gemeldet."

„Hm. Da haben wir jetzt nur zwei Möglichkeiten", konstatierte Büttner. „Unser Stadtoberhaupt ist tot, oder er stellt sich tot. Bleibt im letzteren Fall nur die Frage, ob freiwillig oder unfreiwillig." Er nippte an seinem Kaffee. „Schade", sagte er dann, „ich hatte mich auf einen Plausch mit ihm gefreut."

„Ja", nickte Frau Weniger wissend, „man hat wirklich nicht jeden Tag die Gelegenheit, einen echten Oberbürgermeister persönlich zu treffen."

Büttner sah sie irritiert an. „Deswegen nicht. Ich hatte mich nur darauf gefreut zu sehen, wie er in Erklärungsnot gerät. Hat man schließlich nicht oft bei Politikern. Eine von den zurechtgelegten Sprechblasen passt doch schließlich auf jede Situation. Die Situation aber, mit der ich gedachte ihn zu konfrontieren, hätte jede dieser Blasen platzen lassen. Moin, Hasenkrug", begrüßte er im gleichen Atemzug seinen Assistenten, der gerade zur Tür hereinkam.

„Moin. Schöne Grüße von Schneewittchen. Ihre beiden Zwerge sind krank. Wenn wir sie sprechen möchten, sollen wir bei ihr vorbeikommen."

„Wo haben Sie die denn getroffen?", wunderte sich Büttner.

„Gar nicht. Ist viel profaner. Als ich reinkam, klingelte bei Frau Weniger das Telefon. Da bin ich drangegangen und erfuhr, dass die Zwerge Fieber haben."

„Hat Schneewittchen auch einen Namen?"

„Wie soll sie schon heißen", zuckte Hasenkrug und nahm mit einem dankbaren Nicken den Kaffee entgegen, den ihm Frau Weniger in die Hand drückte. „Bianca. Und mit Nachnamen Weiß."

„Was es alles gibt. Ob sie ihr Kostüm ihres Namens wegen gewählt hat?" Büttner stand auf und griff nach seiner Jacke.

„Und mein Kaffee?", empörte sich Hasenkrug.

„Den wärmt Frau Weniger Ihnen später in der Mikrowelle auf."

„Sehr witzig."

„Finden Sie? Wenn Sie mir jetzt noch sagen, wo Schneewittchen wohnt…"

„In Uttum. Ich geb`s ins Navi ein."

„Wenn Schneewittchen, also Frau Weiß, in Uttum wohnt, dann kennt sie Hinderk Eemken doch bestimmt", sagte Büttner, als er sich mit dem Auto in den fließenden Verkehr einfädelte.

„Davon hat sie nichts gesagt."

„Es hat sie ja auch noch keiner danach gefragt."

„Doch", widersprach Hasenkrug. „Sie steht auf der Liste derjenigen, deren Personalien die Kollegen beim Silvesterball aufgenommen haben. Schlauerweise hatten die sich auch das jeweilige Kostüm dazu notiert. Aber nicht nur das. Sie haben die Partygäste natürlich auch gefragt, ob sie Hinderk Eemken kennen. Dieser Frage ist Schneewittchen anscheinend ausgewichen."

„Vielleicht `ne Zugezogene", mutmaßte Büttner.

„Kann sein. Wir werden es gleich erfahren."

„Bei diesem Wetter wäre es mir ganz lieb, es würde gar nicht erst hell werden", meinte Büttner, als sie ein paar Kilometer über die Landstraßen gefahren waren. „Da sieht man wenigstens nicht, wie trist hier alles ist."

Tatsächlich war auch dieser 2. Januar wieder ein Tag, an dem man das Haus nicht verließ, wenn man es nicht unbedingt musste. Seit den frühen Morgenstunden schon fiel ein feiner Nieselregen, den der steife Nordwestwind vor sich hertrieb, und der sich anfühlte wie tausende kleine Eiskristalle, wenn er einem ins Gesicht schlug. Zwar hatte es in der Nacht nicht mehr gefroren, aber immer noch waren die Straßen stellenweise spiegelglatt. Schaute man durch die Frontscheibe des Autos, dann kam es einem so vor, als habe irgendjemand alle Farbe aus der flachen Landschaft gesaugt. Selbst die roten Klinkerhäuschen sahen aus wie von einem fadenscheinigen grauen Schleier überdeckt.

Büttner schauderte, als ihm der Gedanke kam, dass alles wirke, wie in ein Leichentuch gehüllt.

Es war die Zeit, in der es kaum jemand mehr abwarten konnte, die ersten Boten des eigentlich noch so fernen Frühlings zu entdecken.

Als Büttner und Hasenkrug vor dem Haus von Bianca Weiß ausstiegen, schlugen sie unwillkürlich die Kragen ihrer Jacken hoch. Büttner kramte zudem auf dem mit allerhand Krimskrams vollgeladenen Rücksitz seines Wagens nach einer Mütze. Den eiskalten Regen am nur noch recht spärlich behaarten Kopf zu spüren, war wahrlich kein Vergnügen.

Umso behaglicher fühlte es sich an, als sie nur wenig später von Bianca Weiß ins Haus gelassen wurden. Bei dem Anblick der jungen Frau entfuhr Büttner ein

Ausruf des Erstaunens, den er schnell mit einem lauten Räuspern kaschierte. „Entschuldigen Sie bitte", sagte er, als er ihr die Hand gab, „ein plötzliches Kratzen im Hals. Muss wohl das Wetter sein."

Er warf einen Blick auf seinen Assistenten, dem es ebenfalls kaum gelang, seine Überraschung zu verbergen.

Schneewittchen sah auch im echten Leben aus wie Schneewittchen. Sie hatte hüftlange, wie Ebenholz glänzende Haare. Ihre bleiche und makellose Haut stand in einem interessanten Kontrast zu ihren blutroten Lippen. Sie war zweifelsohne eine Schönheit.

Auf die Polizisten wirkte sie wie aus einem Märchenbuch entsprungen.

„Kommen Sie rein, ich mache uns einen Tee", sagte sie nun mit einem Lächeln, das eine Reihe strahlendweißer Zähne zum Vorschein brachte.

Büttner räusperte sich erneut, bevor er sagte: „Vielen Dank, das nehmen wir gerne an."

Als er auf einem der Küchenstühle Platz genommen hatte, war er in erster Linie damit beschäftigt, sich selbst vom Glotzen abzuhalten.

Hasenkrugs Stimme klang ungewöhnlich belegt, als er nun sagte: „Dürfte ich fragen, wo Ihre beiden Zwerge sind…also…ähm…Ihre Kinder, meine ich natürlich. Sie waren doch mit Ihren Kindern auf dem Ball?"

„Ja", sagte sie, während sie zwei Löffel Teeblätter in eine Kanne schüttete. „Die Mädchen sind in ihren Zimmern. Ich hole sie gleich zum Tee. Sie trinken für ihr Leben gerne Tee."

„Bevor wir etwas falsch machen", mischte sich jetzt auch Büttner ein. „Wissen die Kinder von dem Mord?"

„Ja. Aurelia glaubt sogar, etwas gesehen zu haben", antwortete Bianca Weiß zu Büttners Überraschung.

„Ach wirklich?"

„Ja. Allerdings habe ich den Kindern hinterher erzählt, dass das alles zur Party gehörte. Dass es Teil eines Märchens war, das dort erzählt wurde. Sie sind erst vier und fünf Jahre alt. Alles andere würden sie nicht verstehen."

„Klingt vernünftig", nickte Büttner. Allerdings zweifelte er auch daran, dass die Aussage des Kindes vor einem Richter viel Bestand haben würde, sollte es als Zeuge befragt werden. Dazu trugen die Kleinen einfach viel zu viel Fantasie in sich.

Auf die beiden Mädchen mussten sie nicht lange warten, denn sobald der Wasserkessel ein schrilles Pfeifen von sich gab, kamen sie auch schon mit fieberroten Bäckchen und in ihre Schlafanzüge gekleidet zur Tür hereingeschossen. „Gibt`s Tee?", fragte das ältere der beiden Mädchen mit hörbar verschnupfter Stimme. Die beiden hatten im Gegensatz zu ihrer Mutter keine schwarzen, sondern strohblonde Haare.

„Ja. Setzt euch zu uns", sagte die Mutter und stellte fünf Tassen auf den Tisch. „Die beiden Männer haben ein paar Fragen an euch", sagte sie dann und bedeutete den Kindern, Büttner und Hasenkrug die Hand zu geben.

„Geht es um den mutigen Prinzen, der den Vampir getötet hat?", näselte die Größere.

Bianca Weiß sah Büttner und Hasenkrug mit einem entschuldigenden Lächeln an, die aber winkten mit einer Geste ab.

„Ja", sagte Büttner, „um genau den geht es. Darf ich denn fragen, wie ihr heißt?"

„Erst wenn du sagst, wie du heißt", grinste die kleinere von beiden.

„Ich heiße David. Und der Mann hier neben mir ist Sebastian. Und jetzt ihr."

„Ich bin Aurelia", sagte diesmal das ältere der Mädchen. „Und meine Schwester heißt Marielle."

„Das sind aber zwei schöne Namen für zwei schöne Mädchen", erwiderte Büttner und erntete dafür lautes Gekicher. „Wisst ihr, wir sind immer noch auf der Suche nach demjenigen, der uns sagen kann, warum der Vampir vom Prinzen getötet wurde."

„Boah, das ist ja Kickikram", sagte Marielle und verdrehte gelangweilt die Augen.

„Findest du?"

„Ja. Weil es doch sowieso klar ist." Sie schmiss einen großen Kluntje in ihre Tasse, als ihre Mutter mit der Kanne an den Tisch kam. „Wollt ihr auch einen?", fragte sie an die beiden Polizisten gewandt.

„Erst die Gäste und dann ihr", ermahnte sie die Mutter.

„Ja." Marielle blies ein paarmal in ihren frisch eingegossenen Tee und trank dann den ersten Schluck. „Puh. Heiß", verzog sie das Gesicht.

„Und du weißt wirklich, warum der Vampir vom Prinzen getötet wurde?", kam Büttner auf sein Anliegen zurück.

„Ja. Ist doch sowieso klar", antwortete nun Aurelia und nickte entschieden. „Weil doch der Vampir die Prinzessin entführt hat, und der Prinz wollte sie aus dem Schloss von dem bösen Vampir befreien."

„Das klingt logisch", nickte Büttner und nahm nun seinerseits einen Schluck Tee. „Und kannst du uns auch sagen, wie der Prinz aussah?"

„Klar. Der war verkleidet."

„Verkleidet?"

„Ja. Der hatte eine Perücke auf mit ganz weißen Haaren. Und er trug eine Sonnenbrille. Ganz schön hässlich hatte er sich gemacht."

Heino! schoss es Büttner durch den Kopf. Er erinnerte sich, jemanden in dieser Verkleidung gesehen zu haben.

„Aber ist ja auch klar, dass der Prinz sich nicht so zeigen kann, wie er in echt aussieht", redete Aurelia weiter. „Der Vampir hätte ihn dann ja sofort erkannt und wäre weggelaufen."

„Und was genau hat der Prinz gemacht, als er vor dem Vampir stand?", mischte sich Hasenkrug ins Gespräch.

„Er ist ganz dicht an den Vampir rangetreten, bis er an seinen Rücken gestoßen ist. Und dann ist der Vampir umgekippt."

„Einfach so umgekippt?", fragte Büttner.

„Ja, klar. Das geht, weil der Prinz nämlich magische Kräfte hat. Der braucht das Böse nur zu berühren und dann stirbt das Böse. Ziemlich krass, oder?"

„Kann man sagen", stimmte Büttner ihr zu. Für einen kurzen Moment wünschte er sich tatsächlich, es wäre genauso gewesen.

„Haben Sie noch etwas beobachtet?", wollte Hasenkrug von der Mutter wissen.

„Nein. Ich habe mich mit einer Freundin unterhalten. Allerdings kann ich bestätigen, dass sich der Prinz in der Nähe des Vampirs aufhielt. Aus irgendeinem Grund sind mir die beiden aufgefallen. Genauer habe ich allerdings erst hingesehen, als Aurelia rief, dass der Vampir hingefallen sei. Von dem Prinzen war da schon nichts mehr zu sehen, soweit ich mich erinnere. Allerdings habe ich auch nicht explizit nach ihm geguckt."

„Gut, Frau Weiß, dann machen wir uns mal wieder auf den Weg. Vielen Dank für den Tee und dafür, dass Sie es uns ermöglicht haben, mit den Kindern zu sprechen. Es war uns ein großes Vergnügen."

„Und was krieg ich nun dafür, dass ich das Rätsel gelöst habe?", fragte Aurelia, wofür sie von ihrer Mutter einen tadelnden Blick erhielt.

„Ach so. Ach ja. Richtig. Beinahe hätte ich es vergessen." Büttner wühlte in den Taschen seiner Jacke herum, zauberte zwei etwas angematschte Schokoriegel hervor und drückte sie dem Mädchen mit einer Verbeugung in die fiebrigwarme Hand. „Bitte schön, junge Dame, das ist Ihre Belohnung. Und wenn Sie wollen, können Sie Ihrer Schwester auch einen abgeben."

„Muss ich sowieso", stellte Aurelia mit einem Blick auf ihre Mutter fest und gab gleich einen der Riegel an Marielle weiter. „Danke", sagten dann beide wie aus einem Munde.

„Da nicht für", lächelte Büttner. „Und seht zu, dass ihr schnell gesund werdet. Ich wünsche euch gute Besserung."

Die beiden Mädchen verabschiedeten sich mit einem breiten Grinsen und verschwanden in ihren Zimmern.

„Nochmals ein großes Dankeschön", wandte sich Büttner an Bianca Weiß und schüttelte ihr die Hand.

„Ich hoffe, dass Aurelia Ihnen helfen konnte."

„Ich denke schon. Wissen Sie, ich war selber auf der Party und kann mich an Heino erinnern."

„Ich weiß. Ich habe Sie gesehen. Auf der Bühne."

„Natürlich." Er war dankbar, dass sie seinen peinlichen Auftritt mit der Zombiedame nicht erwähnte. Aber vielleicht hatte sie davon ja auch gar nichts mitbekommen.

„Haben Sie Hinderk Eemken eigentlich gekannt?", fragte Hasenkrug, während er seine Jacke überstreifte.

„So wie man sich in einem Dorf eben kennt", antwortete Bianca Weiß ausweichend. „Er war ja auch um einiges älter als ich. Aber ich bin mit Mareike befreundet."

„Die junge Dame, die auf dem Hof arbeitet."

„Ja." Sie schien zu überlegen, ob sie noch etwas sagen sollte.

„Ist Ihnen noch etwas eingefallen?", hakte Büttner vorsichtig nach.

„Ja. Ich mache mir schon die ganze Zeit Gedanken darüber. Kennen Sie Mareikes Mann Dirk?"

„Wir haben von ihm gehört. Was ist mit ihm?"

„Er hat einen Bruder. Christoph. Den sollten Sie sich mal genauer ansehen. Wenn irgendwo etwas – hm – sagen wir mal Seltsames passiert, ist Christoph meist nicht weit."

„Inwiefern?"

„Fragen Sie ihn nach seiner Beziehung zu Hinni. Und fragen Sie ihn nach der Beziehung seiner Schwester zu Hinni."

„Wie heißt die Schwester?"

„Miriam."

„Miriam?" Hasenkrug hob erstaunt die Brauen. „Die…ähm…Begleitung vom Oberbürgermeister auf dem Silvesterball?"

Bianca Weiß zuckte die Schultern. „Kann sein. Dazu kann ich nichts sagen. Miriam ist die Begleitung von vielen Männern."

„Verstehe. Und was haben Sie mit dieser Familie zu tun?"

„Christoph ist der Erzeuger meiner Kinder." Als Büttner und Hasenkrug bereits fast beim Auto waren, rief sie hinter ihnen her: „Und er hat die Statur vom Prinzen."

10

Mareike hielt die Luft an und hätte sich am liebsten die Ohren zugehalten. Sie ahnte, nein, eigentlich wusste sie, was jetzt kommen würde, doch hierfür in nur wenigen Augenblicken die Bestätigung zu bekommen, war eine ganz andere Nummer. Noch hatte sie sich in den letzten Tagen und Wochen einreden können, dass ihr ständiges Unwohlsein am Stress lag, an ihrer Unausgeglichenheit, an der Lebenskrise, in der sie sich befand. Das würde gleich vorbei sein. Ganz bestimmt würde es gleich vorbei sein, denn…

„Herzlichen Glückwunsch! Du hattest recht mit deiner Vermutung. Du bist in der neunten Woche schwanger." Mareikes Frauenärztin Kirsten Junghans, die gleichzeitig eine ehemalige Schulkameradin von ihr war, zeigte auf den Bildschirm des Ultraschallgerätes und strahlte über das ganze Gesicht. „Da wird sich Dirk aber freuen. Er wünscht sich doch schon so lange Nachwuchs, oder?"

„Ja. Ja, sicher. Er wird ganz aus dem Häuschen sein." Mareike hatte sich bemüht, fröhlich zu klingen, doch war ihr das gründlich misslungen. Vielmehr klang ihre Stimme, als habe ihr soeben jemand den Todesstoß versetzt. Und so fühlte sie sich auch. Schnell wandte sie ihren Blick vom ersten Bild ihres Babys ab. Auf gar keinen Fall wollte sie sehen, wie das kleine Herz schlug. Sie wollte nicht wissen, dass dieser winzige Mensch bereits lebte, auch wenn sich noch so vieles an ihm entwickeln musste.

„Alles okay mit dir?", fragte Kirsten, beendete den Ultraschall und sah sie prüfend an. „Ist das nun der Schwangerschaftsblues oder gibt es etwas, das du mir erzählen willst?"

„Nee, nee. Ist alles in Ordnung", log Mareike. Sie nahm die Papiertücher entgegen, die Kirsten ihr hinhielt, und wischte sich damit das Gel vom Unterleib. „Sorry", murmelte sie, „ich muss jetzt gleich los zur Arbeit. Du weißt ja sicher, was mit Hinni…" Sie sprach nicht weiter, als sie merkte, wie ihr die Tränen in die Augen schossen.

„Hinni Eemken. Ja. Ganz furchtbar. Man kann es gar nicht glauben", nickte Kirsten. „Sein Tod geht dir sehr nahe, oder?" Unvermittelt schlug sie sich mit der flachen Hand vor die Stirn. „Was für eine blöde Frage!", rief sie aus. „Natürlich geht dir sein Tod nahe, so lange, wie ihr schon miteinander arbeitet. Entschuldige, bitte. Ich hätte ein wenig sensibler sein sollen. Ist ja kein Wunder, dass du hier nicht in Jubelschreie ausbrichst."

Mareike versuchte ein Lächeln. Sie war froh, dass Kirsten ihre Niedergeschlagenheit auf diese Art interpretierte. So würde sie wenigstens nicht weiter nachhaken.

Tatsächlich ging Kirsten, nachdem Mareike sich wieder angekleidet hatte, dazu über, sie routiniert über das aufzuklären, was sie in den nächsten Wochen und Monaten der Schwangerschaft erwarten würde. Doch so sehr Mareike auch versuchte, sich auf das Gesagte zu konzentrieren, so schweiften ihre Gedanken doch immer wieder ab.

Mit dem Ergebnis, dass Kirsten irgendwann aufgab. „Ich merke schon", sagte sie mit sanfter Stimme und tätschelte ihrer Patientin die Hand, „du bist heute alles andere als aufnahmefähig. Ist wirklich alles in Ordnung bei dir und deinem Mann? Oder liegt dir etwas anderes auf dem Herzen?"

„Ich sagte doch, dass die Sache mit Hinni mir sehr an die Nieren geht", bemerkte Mareike leise.

„Ja. Schon. Aber dennoch kenne ich dich schon seit ein paar Jahren und kann nicht glauben, dass das wirklich alles ist, was dich beschäftigt."

„Ich würde jetzt gerne gehen", wich Mareike einer Antwort aus und kniff die Lippen zusammen.

„Na gut. Schade. Aber wenn du jemanden zum Quatschen brauchst, dann weißt du ja, wo du mich findest."

„Das ist lieb von dir. Danke." Mareike verabschiedete sich mit einem knappen *Tschüss.*

„Mach`s gut, Mareike, wir sehen uns in vier Wochen. Lass dir vorne am Tresen bitte einen Termin geben." Kirsten legte ihr eine Hand auf die Schulter und sah sie mitleidig an. „Und verbiete dir bitte nicht, dich über deine Schwangerschaft zu freuen. Das Leben geht weiter, auch wenn man einen lieben Menschen verloren hat. Und was könnte dafür ein schöneres Symbol sein als das Entstehen neuen Lebens!? Außerdem habt ihr es so lange erfolglos versucht, und nun hat es endlich geklappt. Das ist ein Tag zum Feiern, nicht zum Trübsal blasen."

Mareike nickte nur und ging dann wortlos zur Tür hinaus.

Bei der Arbeit versuchte Mareike, sich so gut es eben ging abzulenken. Doch war das leichter gesagt als getan, wenn einen quasi jeder Strohhalm, der auf dem Stallboden herumlag, an Hinni erinnerte. Und an die glücklichen Stunden, die sie mit ihm gehabt hatte.

Was er wohl dazu gesagt hätte, dass er Vater wurde, überlegte Mareike, während ihr die Tränen in Strömen über die Wangen liefen. Oder hätte er es nie erfahren, weil sie sich entschieden hätte, es ihm zu verschweigen?

Ja, dachte sie, sehr wahrscheinlich hätte sie allen gegenüber so getan, als sei das Kind von Dirk. Hinni hätte womöglich geahnt, dass es anders war. Doch ganz sicher hätte er geschwiegen, so wie er all die Monate geschwiegen hatte, in denen sie sich einander hingaben.

Mareike wusste nicht, was sie damals, nach ihrem ersten Zusammensein mit Hinni, geritten hatte, allen Leuten zu erzählen, er habe sie gegen ihren Willen bedrängt. Sie war so verstört und über sich selbst erschrocken gewesen, welch eine Leidenschaft sie – eine glücklich verheiratete Frau! – gegenüber diesem Mann verspürt hatte, dass sie sich in eine völlig irrationale Wut hineingesteigert hatte. Eine Wut, die sich auch gegen Hinni richtete, jedoch in erster Linie gegen sie selbst. Eine Wut, die Hinni das Leben hätte kosten können, als Dirk ihn sich auf ihre Lüge hin vorknöpfte und krankenhausreif prügelte.

Doch anstatt sauer auf sie zu sein und sie hochkant rauszuschmeißen, hatte Hinni sie wortlos in den Arm genommen, als sie tränenüberströmt zu ihm kam, um sich bei ihm zu entschuldigen.

Von diesem Tag an hatte sie sich nicht länger gegen ihre Gefühle gesträubt, sondern sich ihrer Liebe mit ganzem Herzen hingegeben.

Dabei war Hinni für sie früher immer ein guter Freund gewesen, aber keineswegs jemand, in den sie meinte, sich verlieben zu können. Nein, dachte sie, Hinni war immer jemand gewesen, an dessen breiter Schulter man sich ausheulte, wenn es einem schlecht ging.

Und genau das hatte sie an jenem schicksalhaften Morgen getan. Traurig und zugleich wütend war sie gewesen, weil ihr Schwager Christoph ihr mal wieder das Leben schwer gemacht hatte. Hinni hatte ihr gleich angesehen, dass irgendetwas nicht stimmte und nach dem Grund gefragt. Also hatte sie ihm erzählt, wie Christoph sie wegen einer Kleinigkeit angegangen war, als Dirk nicht zu Hause war. Wie er sie beschimpft und geschüttelt hatte, nur weil er aus irgendeinem Grund glaubte, sie habe sein Auto beim Ausparken beschädigt.

Als sie beim Erzählen anfing zu weinen, hatte Hinni sie in den Arm genommen und ihr tröstend über den Kopf gestrichen. Eine Berührung hatte die andere ergeben, bis sie sich schließlich keuchend vor Lust im Heu liegend wiederfanden.

Der Gedanke an ihren Schwager jagte Mareike einen eisigen Schauer über den Rücken. Ja, dachte sie, Christoph war einer von denen, die einfach jedem, dem er begegnete, das Leben schwer machte. Keiner vermochte zu sagen, warum aus ihm ein derart unangenehmer Mensch geworden war; vermutlich nicht mal er selbst, wenn sich denn jemand getraut hätte, ihn danach zu fragen.

Wahrscheinlich war sein schwieriger Charakter auch der Grund, warum er als Schauspieler nie irgendwo hatte Fuß fassen können, überlegte Mareike, obwohl er ihrer Meinung nach durchaus talentiert war. Aber wer wollte schon mit einem Mann zusammenarbeiten, der nicht nur stets alles besser wusste, sondern auch cholerisch und sogar handgreiflich wurde, wenn nicht alles nach seinem Kopf lief?

Letztlich war Christoph der Grund gewesen, warum Hinni und sie ihre Liebe nie öffentlich gemacht hatten. Schon bei ihrer Hochzeit hatte ihr frischgebackener Schwager ihr ins Ohr geraunt, dass sie es im wahrsten Sinne des Wortes schmerzlich bereuen würde, wenn sie auch nur einmal auf die Idee käme, seinem Bruder Dirk wehzutun. Natürlich hatte er es nicht gesagt, weil ihm so viel am Glück seines Bruders lag. Solche Gefühle waren ihm gänzlich unbekannt. Vielmehr fand er einfach Spaß daran, seiner Schwägerin Angst zu machen.

So wie er Spaß daran gefunden hatte, Bianca Angst zu machen, als sie nach ihrer Trennung anfing, Unterhaltsforderungen für die Kinder zu stellen. Warum Bianca überhaupt jemals eine Beziehung mit

Christoph angefangen hatte, würde wohl für immer ihr Geheimnis bleiben.

Doch was auch immer die Beweggründe seiner Mitmenschen gewesen waren, sich in irgendeiner Weise auf einen Umgang mit Christoph einzulassen, in einem konnte sich jeder von ihnen sicher sein: Wenn Christoph jemals eine Drohung gegen jemanden ausgestoßen hatte, vergaß er sie nie und lauerte nur auf eine Gelegenheit, sie wahr zu machen. Fast war es, als würde er über seine Gemeinheiten Notizbuch führen.

Hätte er jemals erfahren, dass Mareike ihren Mann mit Hinni betrog, wäre sie vermutlich ihres Lebens nicht mehr sicher gewesen. Also hatten sie geschwiegen.

Und nun war Hinni tot.

Mareike war sich sicher, dass Christoph auf irgendeinem Weg von ihrem Verhältnis erfahren hatte, auch wenn sie sich nicht vorstellen konnte, wie es hatte ans Licht kommen können. Schließlich hatten sie nur Zärtlichkeiten ausgetauscht, wenn auch ganz gewiss niemand in der Nähe war – was in dieser Einöde keine wirkliche Herausforderung darstellte. Doch selbst wenn Christoph informiert gewesen war, wieso war er dann plötzlich bis zum Äußersten gegangen und hatte Hinni erschossen? Wenn er ihm irgendwo aufgelauert und verprügelt hätte, ja, das hätte zu Christoph gepasst. Aber ein kaltblütiger Mord?

Mareike schauderte. Es gab sicherlich keine Gemeinheit, die sie ihrem Schwager nicht zugetraut hätte. Ein vorsätzliches Tötungsdelikt gehörte bis zum gestrigen Tag nicht dazu. Dafür würde er zweifelsohne in den Knast wandern.

Was also hielt sie davon ab, zur Polizei zu gehen und Christoph ans Messer zu liefern?

Noch im selben Moment, als sie sich diese Frage stellte, gab sie sich bereits selbst die Antwort darauf: Weil sie nicht sicher sein konnte, dass man ihr glaubte. Weil es keine Beweise und damit keinen Grund gab, ihn bei der Polizei festzuhalten. Also würde Christoph nach einer Vernehmung auch weiterhin auf freiem Fuß bleiben – nur mit dem Unterschied, dass er dann wusste oder zumindest ahnen konnte, dass sie ihn verpfiffen hatte.

Es wäre ihr sicherer Tod.

„Moin, Frau Haitinga, das ist aber schön, dass wir Sie hier antreffen."

Noch ganz in ihre trüben Gedanken versunken, zuckte Mareike zusammen und ließ vor lauter Schreck einen Eimer mit Futter fallen, mit dem sie gerade in den Hühnerstall hatte gehen wollen.

„Oh, Entschuldigung, ich wollte Sie nicht erschrecken!", rief Hauptkommissar David Büttner und schaute sie betreten an. „Wenn Sie erlauben, werde ich das Futter wieder…" Er griff nach einer Schaufel, die an einem Haken an der Stallwand hing, doch Mareike winkte ab.

„Lassen Sie mal, Herr Kommissar. Das eilt nicht." Um Zeit zu gewinnen und sich ein wenig zu sammeln, lief sie in einen Nebenraum und wusch sich über einem

Waschbecken die Hände. Zwar hatte sie nach allem, was Hermine gesagt hatte, damit gerechnet, eine Vorladung ins Kommissariat zu bekommen, aber nicht damit, dass die Polizisten einfach so hier hereingeschneit kamen. Sie schlug sich ein paar Handvoll Wasser ins Gesicht, doch änderte das nichts an ihrem verheulten Aussehen. Der kleine, völlig verschmutzte Spiegel über dem Waschbecken zeigte ihre verquollenen Augen und eine rote Nase.

„Sie müssen sich Ihrer Tränen nicht schämen", hörte sie den Kommissar aus dem Hintergrund sagen. „Es ist kein Wunder, dass Sie sich elend fühlen, nach allem, was in den letzten Tagen passiert ist."

Mareike lächelte wie ertappt, sagte aber nichts.

„Als wir gestern hier waren, haben wir im Wohnhaus eine Frau getroffen, die den Hund von Herrn Eemken hütete", kam Büttner gleich zur Sache, als er sah, dass Mareike gewiss nicht zum Smalltalk aufgelegt war. „Ihr Name war – ähm – Hasenkrug?"

„Hermine Kromminga", kam es prompt von seinem Assistenten.

„Genau. Sie erzählte uns, dass Sie unlängst von Herrn Eemken sexuell belästigt wurden. Entspricht das der Wahrheit?"

„Ja." Mareike war nach wie vor davon überzeugt, dass es derzeit das Beste war, bei dieser Lüge zu bleiben. Schließlich konnte man nie wissen, bei wem eine Aussage, die sie hier machte, letztlich landete. Auf jeden Fall musste alles, was Christoph noch zusätzlich anheizte, vermieden werden. Selbst, wenn es dazu wahrscheinlich schon zu spät war.

„Dürfte ich fragen, warum Sie es bei unserem letzten Treffen nicht erwähnt haben?", fragte Hasenkrug.

„Ich fand es nicht wichtig."

„Sie fanden es nicht wichtig?" Büttner zog die Stirn in Falten. „Darf ich Sie daran erinnern, dass der Mann, der Sie belästigt hat, erschossen wurde? Und darf ich Sie darauf hinweisen, dass Sie sich durch das Verschweigen eines solchen Übergriffs äußerst verdächtig machen?"

„Ich habe Hinni nicht umgebracht", sagte Mareike fast trotzig. „Er ist – er war mein Arbeitgeber, schon vergessen? Warum also sollte ich die Hand abhacken, die mich füttert? Und außerdem ist der Vorfall schon so lange her. Warum also sollte ich erst Monate später Rache üben? Das macht doch keinen Sinn." Mareike hatte sich die Worte in der Erwartung einer neuerlichen Vernehmung zurechtgelegt und wunderte sich nun, wie leicht sie ihr trotz der Anspannung über die Lippen kamen.

„Sicher. Aber wer weiß, vielleicht ist es ja nicht bei diesem einen Übergriff geblieben, eben weil Herr Eemken wusste, dass Sie von ihm abhängig sind. Er wäre nicht der erste Arbeitgeber, der eine solche Situation gnadenlos ausnutzt", gab Büttner zu bedenken.

„So nötig habe ich diesen Job nun auch nicht, als dass ich mich für ihn ständig begrapschen und erniedrigen ließe", erwiderte Mareike und verschränkte abwehrend die Arme vor ihrem Körper.

„Aber einmal haben Sie es zugelassen, ohne daraus Konsequenzen zu ziehen. Aber, wie man hört, hat das dann Ihr Mann besorgt."

Mareike machte eine wegwerfende Handbewegung. „Ich hab versucht, Dirk davon abzuhalten. Ohne Erfolg, wie Sie anscheinend schon wissen. War so `n Männerding, wenn Sie verstehen, was ich meine."

„Herr Eemken hat damals erstaunlicherweise auf eine Anzeige verzichtet."

„Ja."

„Kennen Sie die Gründe dafür?"

„Nein. Vermutlich wollte er sich den ganzen Ärger mit dem Gericht und so ersparen."

„Und Sie sind sich ganz sicher, dass Ihr Mann zum Zeitpunkt des Mordes mit Ihnen auf der Party im Sam`s war?", wechselte Hasenkrug abrupt das Thema.

„Natürlich. Warum sollte ich denn alleine auf solch eine Party gehen?"

„Vielleicht, weil Ihr Mann auch diesmal noch etwas zu erledigen hatte?"

„Wie meinen Sie das?" Mareike wurde von einem Moment auf den anderen schrecklich kalt. Hatten die Polizisten etwa Wind davon bekommen, dass…?

Sie hatten.

„Nun, es gibt eine Zeugenaussage, laut der wir davon ausgehen müssen, dass Sie im Laufe des Silvesterballs mit Ihrem Mann in Streit gerieten und die Party vor ihm verlassen haben", antwortete Büttner und wagte damit zumindest einen halben Schuss ins Blaue. Aus den Aufzeichnungen ihrer Kollegen, die Hasenkrug inzwischen ausführlich studiert hatte, ging nämlich hervor, dass zwar ein Teufel unter den nach der Tat noch verbliebenen Gästen gewesen war, jedoch kein Engel. Ob die Ursache dafür ein Streit unter den Eheleuten war, konnte er lediglich vermuten.

„Dann müssten Sie ja auch davon ausgehen, dass ich mit dem Mord gar nichts zu tun haben kann", trat Mareike die Flucht nach vorne an. „Warum also sind Sie dann hier?"

„Warum wir hier sind?" Büttner setzte sich ein kleines Kätzchen auf die Hand, das ihm kläglich fiepend um die Beine gestrichen war. Es konnte nicht mehr als einige Wochen alt sein, vermutete er. Er streichelte es abwesend, während er fortfuhr: „Weil wir, auch wenn Sie bereits gegangen waren, als der Schuss fiel, nicht sicher sein können, dass Sie nichts damit zu tun haben. Schließlich können Sie und Ihr Mann trotzdem gemeinsame Sache gemacht haben."

„Inwiefern?" Mareikes Stimme klang sicherer, als ihr selbst zumute war.

„Nun, immerhin haben Sie Ihrem Mann ein falsches Alibi verschafft. Das klingt nach einem abgekartetem Spiel, wenn Sie mich fragen."

„Warum fragen Sie nicht meinen Mann, was an dem Abend geschehen ist?", fragte Mareike. „Ich weiß doch nicht, was er tut, wenn ich nicht dabei bin."

„Und eben daran haben wir so unsere Zweifel", entgegnete Hasenkrug. „Außerdem ist es uns noch nicht gelungen, Ihren Mann zu erreichen. Sie wissen nicht zufällig, wo er gerade ist?"

„Er müsste bei der Arbeit sein."

„Nein, da ist er nicht. Laut der Sekretärin hat er sich krankgemeldet."

„Er hat sich krankgemeldet?" Mareike war ehrlich erstaunt.

„Sie scheinen momentan nicht sonderlich viel miteinander zu kommunizieren", stellte Büttner fest und setzte das Kätzchen, das sich nun in seiner Hand wand und anscheinend genug Streicheleinheiten genossen hatte, wieder auf den Boden. „Könnte es daran liegen, dass Ihr Mann abgetaucht ist?"

„Abgetaucht? Wie das denn?" Mareike sah ihn aus großen Augen an.

„Das wollten wir eigentlich von Ihnen wissen."

„Ich sagte Ihnen doch bereits, dass…"

„Ihr Schwager Christoph war nicht zufällig auf dem Ball?", fuhr Hasenkrug die Überrumpelungstaktik.

„Chri-Christoph?", krächzte Mareike. Prompt spürte sie Übelkeit in sich aufsteigen. Wie, um alles in der Welt, kam der jetzt auf Christoph?

„Sie haben doch einen Schwager, der Christoph heißt?", vergewisserte sich Büttner.

„Ja. Aber was…ich meine…wieso Christoph?" Mareike wusste, dass sie mit diesem Gestammel in eine schlechte Position geriet, aber sie konnte nichts dagegen tun. In ihren Ohren machte sich plötzlich ein scheußliches Rauschen breit und außerdem…als ihr schwarz vor Augen wurde, griff sie schnell nach der Reling eines Traktoranhängers, der mit Heu beladen in Reichweite stand.

„Alles okay bei Ihnen?" Hasenkrug griff Mareike geistesgegenwärtig unter die Arme und führte sie zu einem antiquiert aussehenden Melkschemel, auf dem sie sich langsam niederließ.

„Haben Sie öfter mit Kreislaufproblemen zu kämpfen?", fragte Büttner besorgt. „Sollen wir einen Krankenwagen rufen?"

„Nein, keinen Krankenwagen." Mareike schüttelte kaum merklich den Kopf und stieß keuchend den Atem aus. „Bitte geben Sie mir ein paar Minuten, dann wird es schon wieder."

Hasenkrug sah sie mit kritischem Blick an. „Gibt es hier irgendwo einen Wasserhahn und gegebenenfalls ein Glas?"

Mareike nickte und deutete mit einer schwachen Geste ihrer Hand auf einen Nebenraum, in dem Hasenkrug sogleich verschwand.

Als Mareike ein paar Schlucke Wasser getrunken und auf Büttners Geheiß ein paarmal tief durchgeatmet hatte, fragte dieser: „Sehen Sie sich in der Lage, uns noch ein paar Fragen zu beantworten?"

„Ich...ich weiß nicht", war alles, was ihr über die Lippen kam.

„Können Sie mir sagen, ob Christoph Familie hat?" Büttner war der Meinung, dass er zunächst mit unverfänglichen Fragen weitermachen sollte, bis sich der Kreislauf der Frau weiter stabilisiert hatte. Immerhin zeigte sie schon wieder eine deutlich gesündere Gesichtsfarbe als noch vor wenigen Minuten.

„Familie?", hauchte Mareike.

„Ja. Frau und Kinder zum Beispiel."

„Er hat zwei Töchter. Aurelia und Marielle. Aber er lebt nicht mit Bianca, also mit der Mutter, zusammen. Wieso?"

„Nur so fürs Gesamtbild."

„Können Sie uns sagen, wie Ihr Schwager zu Hinderk Eemken stand?"

„Sie hatten meines Wissens nicht allzu viel miteinander zu tun."

„Und Miriam, die Schwester Ihres Mannes?", fragte Hasenkrug.

„Miriam? Wieso Miriam? Was soll denn die mit Hinni zu tun gehabt haben?"

„Nun, wir haben sie auf seinem Laptop gefunden. Also ein Bild von ihr."

„Ein Bild von Miriam? Auf Hinnis Laptop?" Mareike fühlte sich mit einem Male hellwach. Sie hatte Dirks Schwester, die sich nur des Geldes wegen an Männer verkaufte, noch nie leiden können. Auf ihre Art war sie genauso hinterhältig und skrupellos wie ihr Bruder Christoph. Und von ihr, ausgerechnet von dieser Schlampe, sollte Hinni ein Bild auf seinem Laptop haben? Das war völlig ausgeschlossen.

„Sie sagten ja selbst, dass Herr Eemken im Laufe der Zeit die eine oder andere Frau mit nach Hause brachte", erinnerte Büttner sie an ihre Aussage vom Vortag.

„Ja, aber das ist schon eine ganze Weile her." Mareikes Kehle war plötzlich ganz trocken. Schnell nahm sie noch einen Schluck Wasser.

„Nun, dann hat er seine – hm – Kontakte in der letzten Zeit wohl nicht mehr so offen gehandhabt. Auf jeden Fall hatte er in den letzten Wochen des Öfteren Kontakt zu dieser Miriam. Über einen Escort-Service der – ähm – erweiterten Art."

Mareike schnappte nach Luft. Ihr Herz fühlte sich an wie von Eisenkrallen umklammert, sie hatte das Gefühl, nicht mehr atmen zu können. „Das kann nicht sein", keuchte sie. „Sie müssen sich irren."

„Keineswegs", erwiderte Hasenkrug. „Wir haben das überprüft. Nicht nur sein Laptop, sondern auch seine Kontoauszüge weisen darauf hin, dass er den – ähm – Service Ihrer Schwägerin in letzter Zeit regelmäßig in Anspruch nahm. Gut möglich also, dass sein Tod mit dieser…Hallo? Frau Haitinga?"

Noch ehe Hasenkrug seinen Satz beendet hatte, versank Mareikes Welt in tiefstem Schwarz.

11

Inzwischen berichteten alle einschlägigen Kanäle des Internets darüber, dass Oberbürgermeister Remmer de Boer unauffindbar war. Entsprechend schossen die Spekulationen in den sozialen Netzwerken ins Kraut. War das Stadtoberhaupt das Opfer einer Entführung geworden? War er tot? War er wegen Amtsmüdigkeit ausgewandert? Oder hatte er gar einen festen Job als Weihnachtsmann angenommen, haha?

Die meisten User aber bevorzugten die Variante, der OB sei mit einer seiner Geliebten durchgebrannt. Inzwischen wurden sogar Wetten auf den Namen der Geliebten abgeschlossen.

„Anscheinend hat unser Stadtoberhaupt all die Jahre keinen Hehl aus seinen Affären gemacht", bemerkte Büttner, während er sich mit Hingabe seinen Speckpfannkuchen widmete, die Susanne immer so unvergleichlich zubereitete. „Die Namen der Gefährtinnen scheinen hinlänglich bekannt zu sein."

„Natürlich sind sie hinlänglich bekannt", erwiderte seine Frau. „Du solltest öfter mal zum Friseur gehen, David, da wird eine nach der anderen durchgehechelt. Ab und zu taucht dann eine der Kundinnen nicht mehr auf. Dann hat`s ihre Tochter oder Nichte erwischt, und sie will mit dem Getratsche verständlicherweise nichts mehr zu tun haben."

Büttner strich sich durchs lichte Haupthaar und zog eine Grimasse. „Mal abgesehen davon, dass ich nicht weiß, wofür genau ich einen Friseurbesuch nutzen sollte, bin ich doch immer wieder erstaunt, welches Interesse ihr Frauen daran habt, übereinander herzuziehen. Aber wenn es nun schon mal so ist, kannst du mir ja sicherlich erzählen, welchen Typ Frau der OB gemeinhin bevorzugt."

„Blond, blöd, blutjung", antwortete Susanne knapp. „Könnte daran liegen, dass Brigitte, also seine Frau, eine ganz Clevere ist. Der kann er nicht das Wasser reichen. Und irgendwo muss er ja seinen Mann stehen. Also zumindest ein Teil von ihm", fügte sie grinsend hinzu.

„Ich frage mich nur, was die Frauen an dem Kerl finden", überlegte Büttner.

„Macht macht sexy." Susanne stand auf und machte sich an der Kaffeemaschine zu schaffen.

„Scheint so zu sein. Nur frage ich mich bei diesem Zulauf an – entschuldige – Frischfleisch, warum Remmer de Boer auf die Dienste eines Escort-Services zurückgreift. Seine Begleitungen könnte er doch anscheinend viel kostengünstiger haben."

„Der Reiz des Professionellen, denke ich."

„Sagt dir der Name Miriam Haitinga etwas?"

„Haitinga?" Zwischen Susannes Augen bildete sich eine steile Falte. „Etwa von *den* Haitingas?"

„Wer sind denn *die* Haitingas?"

„David, du solltest wirklich öfter mal…"

„Zum Friseur gehen, ich weiß", winkte Büttner mit einer Handbewegung ab.

„Nee. In diesem Fall nicht. Um über die Haitingas informiert zu sein, reicht der Wirtschaftsteil der Tageszeitung."

„Ach! Immobilienbranche, stimmt`s?" Büttner schlug mit der flachen Hand auf den Tisch. „Zu *den* Haitingas gehört die?"

„Das weiß ich nicht. Ich hatte vor etlichen Jahren drei von den Haitinga-Kindern in der Schule. Der reinste Albtraum. Eine Miriam war allerdings nicht dabei."

Büttner kramte sein Smartphone aus der Tasche, wischte für ein paar Momente über das Display und hielt es seiner Frau unter die Nase. „Ist das eine von den Haitinga-Kindern?"

Susanne betrachtete das Bild eingehend, dann sagte sie: „Ja. Das ist sie. Eindeutig. Sie hieß Marianne, soweit ich mich erinnere. Eine widerliche Intrigantin. Stand immer kurz vorm Schulverweis. Leider hatte ihr Vater zu viel Einfluss, und wir mussten sie bis zum Abitur ertragen." Sie stellte zwei Tassen mit dampfendem Kaffee auf den Tisch.

„Sie wird sich für ihren Job einen anderen Namen ausgesucht haben", mutmaßte Büttner. „Marianne klingt nicht unbedingt nach erotischem Lustgewinn. Ihre Brüder heißen Dirk und Christoph, kann das sein?"

„Exakt, so hießen die." Susanne nippte an ihrem Kaffee und sagte dann nachdenklich: „Wenn ich es mir recht überlege, dann war Dirk ein wenig aus der Art geschlagen."

„Inwiefern?"

„Er war weder überheblich noch aggressiv oder intrigant. Eigentlich ein ganz angenehmer Junge. Hatte natürlich unter seinem Nachnamen zu leiden. Diplomatisch ausgedrückt gehörten die Mitglieder der Familie Haitinga nicht gerade zu den Sympathieträgern der Gesellschaft. Hm." Abwesend wischte sie mit der Hand ein paar Krümel vom Tisch. „Marianne arbeitet heute also im horizontalen Gewerbe. Warum wundert mich das nicht?"

„Aber in der VIP-Lounge."

Susanne zog eine Grimasse. „Natürlich. Alles andere wäre unter ihrem Niveau gewesen. Schließlich hat sie Abitur."

„Gibt es einen nachvollziehbaren Grund, warum zumindest zwei der Kinder sich so – ähm – nachteilig entwickelten?"

„Die Gene", sagte Susanne ohne zu überlegen. „Hättest du je die Bekanntschaft der Eltern und Großeltern gemacht, dann wüsstest du, was ich meine. Im Prinzip können die Kinder also nicht mal was dafür, dass sie so missraten sind. Nur bei Dirk haben sich wohl aus früheren Generationen ein paar positive Charaktereigenschaften reingemendelt."

„Okay." Büttner leerte seine Tasse und stand auf. Er drückte Susanne einen Kuss auf die Stirn und zwinkerte ihr verschwörerisch zu. „Besten Dank, dass du nicht mit mir über meinen Fall gesprochen hast."

„Welcher Fall?", zwinkerte Susanne zurück.

„Nett, dass Sie unserer Einladung gefolgt sind", eröffnete Büttner rund eine Stunde später das

Gespräch im Vernehmungsraum, während Hasenkrug das Aufnahmegerät einschaltete. „Darf ich fragen, wer von Ihnen Dirk und wer Christoph Haitinga ist?"

„Was soll denn der ganze Scheiß hier!?", fuhr einer der Männer raketenhaft aus dem Stuhl. „Was haben wir denn, bitte schön, damit zu tun, dass dieser blöde Bauer auf der Party verreckt ist?!"

„Sie sind Christoph, richtig?", fragte Büttner emotionslos.

„Hä?" Der Angesprochene ließ sich mit einem unwilligen Grunzen wieder auf seinen Stuhl zurücksinken, als er den uniformierten Polizisten an der Tür auf sich zukommen sah, der ihm mit einer Geste unmissverständlich bedeutete sitzen zu bleiben.

Büttner begriff schon nach diesem kurzen Auftritt Christoph Haitingas, was seine Frau mit dem Worten *Der reinste Albtraum* gemeint hatte. In diesem Vernehmungsraum hatte er wahrlich schon den übelsten Charakteren gegenüber gesessen und häufig angenommen, dass eine Steigerung jetzt nicht mehr möglich sei. Aber da hatte er sich wohl getäuscht. Wenn dieser hier so weitermachte, würde er sich locker einen der vorderen Plätze in den TOP 10 sichern.

„Darf ich fragen, wie es Ihrer Frau geht?" Büttner beschloss, sich zunächst mit Dirk zu befassen und Christoph Haitinga erst einmal zu ignorieren, weil er wusste, dass dieser sich dann in seiner Geltungssucht gekränkt sehen würde. Und gemeinhin ließen sich Menschen, die sich in ihrem Ego verletzt sahen, am schnellsten zu unbedachten Äußerungen hinreißen.

„Geht schon wieder", sagte Dirk und zuckte die Schultern. „Sie kann wohl noch heute nach Hause." Sein Blick verfinsterte sich merklich, und Büttner bemerkte, wie er seine Hand zur Faust ballte. Diese Geste wirkte alles andere als friedlich, und er überlegte, ob bei Dirk die Haitinga-Gene im Laufe der Zeit womöglich doch noch an Dominanz hatten zulegen können.

„Ich würde gerne wissen, warum ich hier festgehalten werde", meldete sich Christoph zu Wort. Ganz offensichtlich kochte er vor Wut, denn seine Stimme zitterte vernehmlich.

Aha, dachte Büttner, es geht schon los.

„Und außerdem wüsste ich gerne, wer meinen Namen ins Spiel gebracht hat. Ich darf doch mal davon ausgehen…"

„Erst einmal dürfen Sie davon ausgehen, dass wir hier die Fragen stellen", schnitt ihm Hasenkrug das Wort ab. „Außerdem sind Sie jetzt gar nicht dran, sondern Ihr Bruder. Sie werden sich also ein wenig gedulden müssen."

Erneut schoss Christoph wie angestochen von seinem Stuhl hoch und schrie wutentbrannt: „Was glauben Sie eigentlich, wen Sie hier vor sich haben! Sie erdreisten sich nicht, unbescholtene Bürger aus wichtigen Besprechungen zu holen und…"

„Sie haben vier Vorstrafen wegen Körperverletzung", wurde er diesmal von Büttner unterbrochen, der zur Unterstreichung seiner Worte mit einer Akte herumwedelte. „Wenn Sie also von einem unbescholtenen Bürger reden, müssen Sie sich mit irgendjemandem verwechseln. Und bei Ihrer angeblichen Besprechung handelte es sich meines Wissens um einen Ihrer bereits zahlreich gescheiterten Versuche, einen Theaterregisseur mit vorgehaltener Faust von Ihrem schauspielerischen Talent zu überzeugen." Büttner lehnte sich in seinem Stuhl zurück und grinste süffisant. „Dass Sie hier bei uns sind, haben Sie also in erster Linie sich selbst zu verdanken. Ohne den Hilferuf eines aufmerksamen Mitarbeiters des Theaters hätten wir uns vermutlich nicht so schnell Ihrer Gegenwart erfreuen dürfen."

„Nochmals zum Mitschreiben", brauste Christoph erneut auf, „ich will jetzt wissen, wer meinen Namen Ihnen gegenüber erwähnt hat!"

„Führen Sie den Herrn bitte ab. Ich glaube, es tut ihm ganz gut, in einer unserer Zellen mal tief durchzuatmen", wandte sich Büttner mit ruhiger Stimme an seinen an der Tür stehenden Kollegen.

„Sind Sie bescheuert, Mann? Was heißt hier Zelle? Mit welchem Recht sperren Sie mich ein?" Christophs Stimme überschlug sich nun vor lauter Empörung.

„Mit dem Recht des Stärkeren", lautete Büttners Antwort. „Damit kennen Sie sich ja aus. Zumindest bei dem, was Sie als Stärke interpretieren."

„Ist der immer so anstrengend?", wandte sich Büttner an Dirk, als Christoph unter lautem Protest abgeführt worden war.

„Schlimmer", grinste der.

„Okay, dann werde ich den Gefängnisarzt bitten, ihm ein paar Yoga-Stunden zu verordnen", flachste Büttner. „Aber ich hoffe sehr, dass das bei Ihnen nicht nötig sein wird, denn dann wird`s eng mit dem Budget."

„Werde mir Mühe geben."

„Danke."

„Hat Mareike gesagt, dass ich was mit dem Mord an Hinni zu tun habe?", fragte Dirk nun rundheraus.

„Sollte sie denn?", wich Büttner einer Antwort aus.

„Bitte?"

„Was sollte Ihre Frau Ihrer Meinung nach für einen Grund haben, Sie anzuschwärzen? Irgendetwas muss Sie doch dazu bewegen, mir eine solche Frage zu stellen."

„Ich frage mich nur, warum ich unter Verdacht stehe."

„Wir befragen Sie hier als Zeugen, Herr Haitinga, nicht als Verdächtigen", stellte Hasenkrug klar. „Uns sind aufgrund anderer Zeugenaussagen ein paar Ungereimtheiten aufgefallen, die wir klären wollen, mehr nicht."

„Mareike hat damit also nichts zu tun?", ließ Dirk nicht locker.

Büttner sah ihn eindringlich an, dann sagte er: „Wenn Ihre Frau und Sie Probleme miteinander haben, dann klären Sie das bitte mit ihr, denn wir sind hier gemeinhin nicht familientherapeutisch tätig." Er beugte sich über den Tisch und fügte hinzu: „Aus eigener Erfahrung kann ich Ihnen jedoch gerne den Tipp geben, einfach miteinander zu reden. Meistens hilft`s."

„Mareike ist schwanger." Dirk sagte es so, als wolle er damit irgendetwas entschuldigen.

„Herzlichen Glückwunsch!" Auch wenn Büttner nun wirklich überrascht war, so ließ er es sich nicht anmerken.

„Deswegen wohl auch die Kreislaufprobleme", gab sich auch Hasenkrug ganz locker, nachdem er seinem Chef einen zugleich verwunderten wie auch bedeutungsvollen Blick zugeworfen hatte.

„Das Kind ist nicht von mir."

„Oh."

„Ups."

„Sie hat mich betrogen. Monatelang." Dirk machte ein Gesicht, als hätte er Zahnweh, bevor er fragte: „Und wissen Sie, von wem das Kind ist?"

„Sie werden es uns sicherlich gleich verraten", meinte Büttner.

„Von Hinni Eemken, diesem Bastard."

„Ach was." Nun gelang es Büttner nicht mehr, seine Verwunderung zu verbergen. „Und woher wollen Sie das wissen?"

„Die beiden hatten schon seit Monaten ein Verhältnis."

„Das sagten Sie bereits, ja. Und woher wissen Sie das?"

„Meine Schwester hat es mir gesteckt. Miriam."

„Marianne", stellte Büttner richtig, und nun war es an Dirk, ihn mit offenem Mund anzustarren. „Sie hat diesen Namen immer gehasst", erklärte er. „Schon seit Jahren nennt Sie sich nur Miriam. Woher wissen Sie denn...?"

„Wir sind von der Polizei. Wir wissen so was."

„Na gut. Wie dem auch sei." Dirk brauchte einen Moment, bis er sich wieder sortiert hatte. „Hinni hat Miriam angeblich selbst von dem Verhältnis erzählt", sagte er dann.

„Miriam ist also `ne Plaudertasche", stellte Büttner fest. „Erzählt sie Ihnen immer alles, was sie von ihren Freiern während gewisser – hm – sagen wir mal Dienstleistungen erfahren hat?"

„Miriam ist vor allem intrigant", schnaubte Dirk. „Die erzählt Dinge nur, wenn sie jemandem damit wehtun oder schaden kann. Sie macht dabei vor niemandem Halt, das können Sie mir glauben."

„Klingt nach Persönlichkeitsstörung", stellte Büttner trocken fest. Er erinnerte sich an die Worte seiner Frau, die für Miriams Charakterisierung das gleiche Adjektiv verwendet hatte wie jetzt ihr Bruder. Daraus konnte er wohl schließen, dass sich diese Frau somit in all den Jahren nicht zum Positiven verändert hatte. „Jetzt aber zu den Fragen, die wir an Sie haben, Herr Haitinga", sagte er. Wir haben mehrere übereinstimmende Zeugenaussagen, dass Sie noch auf dem Silvesterball waren, als die Schüsse fielen, Ihre Frau aber schon gegangen war. Ist das richtig?"

„Ja."

„Aha." Mit dieser prompten und klaren Antwort hatte Büttner nicht gerechnet. „Darf ich fragen, warum sich Ihre Frau verabschiedet hat und Sie noch blieben?"

„Wir hatten uns gestritten. Miriam hatte mir gerade die Sache mit Hinni gesteckt. Mareike ist dann rausgerannt."

„Und dann haben Sie mit Herrn Eemken kurzen Prozess gemacht", schlussfolgerte Büttner.

„Quatsch! Ich wusste ja nicht mal, dass er auch auf dem Ball ist. Mit Kostüm konnte doch jeder machen, was er wollte, ohne erkannt zu werden."

Das sah Büttner ein. Inzwischen hatten sie feststellen müssen, dass Heino – sollte die Geschichte vom Prinzen und dem Vampir stimmen – sich wohl gleich nach dem Mord an Hinderk Eemken aus dem Staub gemacht hatte. Jedenfalls stand er zu seinem Bedauern nicht auf der Liste der anwesenden Personen, die die Kollegen erstellt hatten. Andererseits war dies auch nicht anders zu erwarten gewesen, wenn es sich bei ihm tatsächlich um den Mörder handelte. Aber man hätte ja mal Glück haben können.

„Wusste Ihre Frau denn, dass sich Herr Eemken dort aufhielt?"

„Keine Ahnung. Und wenn", Dirk machte eine kurze Pause und rieb sich müde über die Augen, „dann hätte sie es mir wohl am Allerwenigsten gesteckt."

„Sie müssen ziemlich wütend auf Ihre Frau sein", mutmaßte Hasenkrug.

„Nein." Dirk senkte seinen Blick und starrte lange Augenblicke auf seine Füße. „Nein", wiederholte er dann. „Ich bin nicht wütend. Ich will nur – dass sie bei mir bleibt."

„Und Sie glauben nicht, dass Sie sie davon überzeugen können, zu Ihnen zurückzukehren?", fragte Büttner, weil ihm der junge Mann plötzlich leid tat. Denn so, wie er dasaß, mit hängenden Schultern und tieftraurigen Augen, konnte man ihn unmöglich für einen schlechten Menschen halten – auch wenn das womöglich ein fataler Fehler war, wie Büttner aus langjähriger Erfahrung wusste. Aber diesmal hatte er das Gefühl, es riskieren zu können.

Dirk zuckte kaum merklich die Schultern. Fast konnte man den Eindruck gewinnen, als seien sie ihm zu schwer. „Zu mir würde sie zurückkommen, das weiß ich genau."

„Aber?"

„Sie will mit meiner Familie nichts mehr zu tun haben. Mit Miriam nicht und mit Christoph schon gar nicht."

Das wiederum konnte Büttner gut verstehen. Dennoch gewann er so langsam den Eindruck, als müsse man dieser Mareike noch mal gründlich auf den Zahn fühlen. Denn nicht nur ihre angeheirateten Verwandten waren offensichtlich üble Zeitgenossen; auch sie selber schien es faustdick hinter den Ohren zu haben, wenn man bedachte, was sie ihnen gegenüber nicht oder falsch ausgesagt hatte.

„Können Sie sich an jemanden erinnern, der als der Sänger Heino verkleidet auf dem Ball herumlief?", fragte Hasenkrug, als er bemerkte, dass sein Chef allem Anschein nach über irgendetwas nachgrübelte.

„Heino? Ja. Klar. Mir fiel sogar auf, dass er sich lange mit Miriam unterhielt."

„Mit Ihrer Schwester?" Nun war auch Büttner wieder bei der Sache.

„Ja. Ich hab noch gerätselt, wer es wohl sein könnte."

„Wissen Sie auch, worüber die beiden sprachen?"

„Nein. Dafür war es zu laut. Man konnte ja kaum sein eigenes Wort verstehen."

„Da haben Sie zweifelsohne recht", nickte Büttner. „War Ihr Bruder eigentlich auch auf der Party?"

„Ja. Mir sagte er allerdings, dass er den Ball schon verlassen hatte, als – das mit Hinni passierte."

„Aber er streitet nicht ab, dagewesen zu sein."

„Nein."

„Welches Kostüm er trug, wissen Sie aber nicht." Büttner sah ihn hoffnungsvoll an.

„Nein. Keine Ahnung."

„Schade. Könnte er dieser Heino gewesen sein?"

„Von der Statur her – ja, vielleicht. Aber Christoph ist ja weder außergewöhnlich groß noch außergewöhnlich klein. Insofern kann ich es unmöglich mit Gewissheit sagen. Eigentlich könnte jeder mit durchschnittlicher Figur unter dieser Kleidung versteckt gewesen sein."

„Dann kommen wir an dieser Stelle wohl jetzt nicht weiter", bemerkte Büttner.

„Können Sie uns denn stattdessen sagen, wo wir Ihre Schwester jetzt finden?", fragte Hasenkrug.

„Leider nicht. Ich hab sie auch schon gesucht, wollte sie zur Rede stellen. Aber seit dem Ball ist sie wie vom Erdboden verschluckt. Ich habe schon überall herumtelefoniert. Auch in ihrer Agentur. Sieht so aus, als hätte sie seit Silvester niemand mehr gesehen. Das passt gar nicht zu ihr. Eigentlich will sie immer und überall im Mittelpunkt stehen."

„Und das sagen Sie uns erst jetzt?", stieß Büttner ungewohnt emotional hervor und richtete sich kerzengerade in seinem Stuhl auf.

„Ich hatte ja keine Ahnung, dass Sie nach ihr suchen", verteidigte sich Dirk und hob abwehrend die Hände. „Gut möglich, dass sie mit dem OB durchgebrannt ist", sprach er Büttners Verdacht aus, noch bevor der ihn formulieren konnte. „Aber dass der verschwunden ist, weiß ich ja auch erst seit heute."

„So ein Scheiß", entfuhr es Büttner. Er ließ sich laut aufseufzend wieder gegen die Stuhllehne fallen und fuhr sich mit den Händen durch seine wenigen noch verbliebenen Haare. „Hasenkrug", sagte er, „lassen Sie beide zur Fahndung ausschreiben. Remmer de Boer und Miriam respektive Marianne Haitinga."

„Ein Oberbürgermeister auf der Fahndungsliste. Das wird in der Öffentlichkeit hohe Wellen schlagen", gab Hasenkrug zu bedenken.

„Das soll`s ja auch", knurrte Büttner. Dann raffte er seine Unterlagen zusammen und verließ den Raum.

12

Dirk hatte sie gebeten, bei ihm zu bleiben. Am gestrigen Abend, als sie mit einem Taxi aus der Klinik nach Hause gekommen war, hatte ein ganz wunderbares Nudelgericht auf dem mit Kerzen geschmückten Tisch gestanden, dazu ein knackiger Salat und ein guter Rotwein.

Mareike war über diese unerwartete Geste so irritiert gewesen, dass sie zunächst wortlos an ihrem Mann vorbei ins Badezimmer gegangen war und ausgiebig geduscht hatte. Dabei waren ihr unablässig die Tränen über die Wangen gelaufen, und was sie auch versuchte, um diese zu stoppen, es war erfolglos geblieben.

All der Kummer, der ihr in den letzten Tagen die Luft zum Atmen genommen hatte, war plötzlich aus ihr herausgebrochen. Sie hatte um Hinni geweint und um ihr ungeborenes Kind, das seinen Vater nie kennen lernen würde. Sie weinte um ihre Ehe mit Dirk, von der sie noch vor wenigen Monaten geglaubt hatte, dass es eine glückliche sei.

Sie weinte um ihr Leben, das in Scherben vor ihr lag.

Dirk war irgendwann zu ihr ins Badezimmer gekommen, hatte sie minutenlang einfach nur im Arm gehalten, sie schließlich ins Esszimmer geführt, wo sie, von einem plötzlichen Heißhunger übermannt, Unmengen an Nudeln in sich hineingeschaufelt hatte. Den Wein aber hatte sie stehen lassen.

„Bitte, lass uns dieses Kind bekommen. Lass es uns gemeinsam aufziehen", hatte er nicht nur einmal gesagt und sie mit flehenden Augen angesehen. „Wir sind dann eine richtige Familie, Mareike, wie wir sie uns immer gewünscht haben. Das kannst du doch nicht einfach so aufgeben."

Sie hatte nur genickt, aber nichts darauf geantwortet. Um eine so weitreichende Entscheidung zu treffen, war es einfach noch zu früh.

Sie musste sich doch noch über so vieles klar werden.

Abwesend strich Mareike einem kleinen Kälbchen über den Kopf, das sich in der Nacht ganz alleine seinen Weg in die Welt gebahnt hatte. Normalerweise wurden die Kälber gleich nach der Geburt von ihren Müttern getrennt, Hinni hatte es so gewollt. Doch als sie an diesem Morgen in den Stall gekommen war, hatte das Neugeborene mit so viel Hingabe am Euter seiner Mutter genuckelt, dass Mareike vor lauter Rührung sofort wieder in Tränen ausgebrochen war und es nicht übers Herz gebracht hatte, die beiden auseinanderzureißen.

Der Fairness halber hatte sie dann auch die beiden anderen Kälbchen, die in ihrer engen Box nach ihrer Mutter schrien, freigelassen. Erstmals, seit sie hier arbeitete, hatte in diesem Stall damit eine Art Familienzusammenführung stattgefunden.

Sehnsüchtig nahm Mareike dieses harmonische Bild zufriedener Kühe und Kälber in sich auf. Wie sehr hatte auch sie sich immer eine Familie gewünscht. Eine Familie, die sie selbst nie gehabt hatte, da ihr Vater schon sehr früh verstarb und ihre Mutter in erster Linie damit beschäftigt gewesen war, sich und ihr drei Kinder irgendwie über die Runden zu kriegen. Dabei waren Liebe und Zuwendung leider zu kurz gekommen.

Alle hatten sie damals gewarnt, als sie nach Dirks Antrag überschwänglich verkündete, sie werde in die Familie Haitinga einheiraten. Heute war es für sie unbegreiflich, wie vehement sie damals all diese Warnungen in den Wind geschlagen hatte. Für eine ganze Weile hatte sie versucht, sich und allen anderen einzureden, mit dieser Familie das große Los gezogen zu haben. Schließlich hatte man bei den vermögenden Haitingas doch alles, was man im Leben brauchte, oder?

Natürlich hatten die anderen mit ihrer Einschätzung letztlich recht behalten: Die Familie Haitinga war ein einziger Albtraum. Doch als sie für sich diese Erkenntnis endlich zuließ, war es schon zu spät gewesen.

Und nun stand sie vor der Wahl, ihrem Leben und damit dem ihres Kindes eine ganz neue Richtung zu geben oder alles beim Alten zu belassen. Letzteres hieße nicht nur, dass sie Dirk ewige Dankbarkeit würde entgegenbringen müssen, weil er das Kind eines Nebenbuhlers als sein eigenes aufzog. Nein, vor allem hieße es, sich auch weiterhin von Christoph und Miriam schikanieren lassen zu müssen.

Mit ihren Schwiegereltern hatte Mareike Gott sei Dank schon seit einigen Jahren nichts mehr zu schaffen, denn die hatten sich von ihrem Sohn Dirk losgesagt, als der nichts gegen Mareikes Wunsch unternahm, auf einem Bauernhof zu arbeiten. Mit einer Landarbeiterin, so hatte ihr Schwiegervater damals verlauten lassen, würde die Ehre der Familie Haitinga aufs Unerträglichste besudelt.

Dirk hatte seinem Vater damals den Vogel gezeigt, was dieser natürlich als Affront wertete und ihn nicht nur aus dem Testament strich, sondern ihnen beiden auch Hausverbot erteilte.

Mareike fühlte sich damals wie von einer Last befreit und war Dirk unendlich dankbar gewesen, dass er für sie Position bezogen hatte, obwohl er sich der Konsequenzen bewusst war. Alles hätte also so schön sein können, doch leider gab es ja auch noch Christoph und Miriam. Und diese ließen sich nicht davon abhalten, sich immer wieder in ihre Angelegenheiten zu mischen, obwohl Dirk sie mehrfach dazu aufgefordert hatte, dies zu unterlassen.

Aber gemein bleibt eben gemein. Ein Paar zu sehen, das sich einfach nur selbst genügte und glücklich durchs Leben ging, konnten die beiden nicht verkraften und machten ihnen, wo sie nur konnten, das Leben schwer.

Vor einigen Monaten dann hatte Dirk Mareike angefleht, mit ihm auszuwandern und fernab von Ostfriesland ein ganz neues Leben zu beginnen. Bestimmt, so meinte er, würde es dann auch endlich mit dem Baby klappen, das sie sich so sehr wünschten.

Doch hatte sich Mareike damals schon längst in eine andere Welt geflüchtet. In Hinnis Welt, in der es keine Familienangehörigen gab, die Ärger machten und hinter ihrem Rücken gegen sie intrigierten. Eine Welt voller Liebe, Wärme und Vertrauen.

Eine Welt, die es so nie gegeben hatte, wie sie jetzt so bitter hatte erkennen müssen.

Seit sie von der Polizei erfahren hatte, dass Hinni sein Bett nicht nur mit ihr, sondern regelmäßig auch mit Miriam teilte, bekam sie die Bilder nicht mehr aus dem Kopf. Immer wieder sah sie Miriams so wunderschönen, ja nahezu perfekten Körper vor sich, der sich mit dem ihres geliebten Hinni vereinte.

Es war die reinste Folter.

Mareike legte ihren Kopf in die Hände und schluchzte laut auf. Warum nur hatte Hinni ihr das angetan? Warum waren ihm ihre gemeinsamen Stunden nicht genug gewesen? Und vor allem: Warum nur hatte es ausgerechnet Miriam sein müssen?

Je mehr sie sich in diese Gedanken hineinsteigerte, desto heftiger schüttelte sie sich im Weinkrampf. Eines der Kälbchen kam neugierig näher und schnüffelte an ihren tränennassen Händen. Fast war es, als wollte es Mareike trösten. Doch als sie versuchte, seinen Kopf mit ihren Armen zu umschlingen und es an sich zu drücken, entwand es sich ihrem Griff und sprang eilig zu seiner Mutter zurück.

Und nur Sekunden später marterten sie wieder diese furchtbaren Bilder, die sie schon in der letzten Nacht nicht hatten schlafen lassen.

Wir nur konnte Dirk nach all dem, was seine Schwester ihr angetan hatte, von ihr verlangen, dass sie bei ihm blieb? Waren es in all den Jahren nicht schon genug Schikanen gewesen, die sie hatte ertragen müssen? Waren es nicht Christoph und Miriam gewesen, die sie erst in diese Lage gebracht hatten? Denn ohne sie, so redete es sich Mareike ein, hätte sie es doch schließlich nie nötig gehabt, sich in die Arme eines anderen Mannes flüchten zu müssen.

„Na, du dreckige kleine Schlampe, nun sag nicht, dass du immer noch diesen miesen kleinen Bauern beweinst, der dich nur ausgenutzt hat."

Mareike sah erschrocken auf. Das war doch die Stimme von…oh nein!

„Christoph!" Sie fühlte, wie ihr das Blut in die Beine sackte und sie in der Folge davon begann zu schwanken. Doch schnell holte sie ein stechender Schmerz, der ihr vom Nacken bis in den rechten Arm zog, in die Wirklichkeit zurück – verursacht vom stahlharten Griff ihres Schwagers, der sie unter den Achseln fasste und von dem Heuballen auf die Füße riss.

Sein Gesicht war nun ganz nah an ihrem, als er ihr zuzischte: „Ist ein Scheißgefühl, ständig heulen zu müssen, oder? Aber wenigstens weißt du jetzt, wie es sich anfühlt, wenn man jemanden verliert, der einem wichtig ist."

„Lass mich los, du tust mir weh!" Mareike hatte gehofft, dass wenigstens ihre Stimme kraftvoll und fest klang, wenn sie selbst schon hilflos wie eine

Schlenkerpuppe an Christophs Arm hing. Doch hörte sie sich lediglich an wie das jämmerliche Fiepen einer in die Falle gegangenen Maus.

„Stell dir vor, das war Absicht", lachte Christoph gallig auf und griff noch ein wenig fester zu.

„Au! Was willst du von mir?" Mareike versuchte krampfhaft, ihre Tränen zurückzuhalten. Auf gar keinen Fall wollte sie ihrem Schwager die Genugtuung geben, sich vor ihm schwach und weinerlich zu zeigen. Doch sie wusste schon jetzt, dass ihr, wenn er ihren Körper weiterhin so malträtierte, rasch die Kraft dazu fehlen würde.

„Gar nichts. Was soll ich von dir schon wollen?" Christophs Stimme klang plötzlich gar nicht mehr aggressiv, sondern vielmehr säuselnd. Er ließ Mareike los und bedeutete ihr mit einem Nicken, sich wieder auf den Heuballen zu setzen. Er selbst zog einen weiteren heran und setzte sich ebenfalls.

Minuten des Schweigens vergingen, während er sich eine Zigarette ansteckte und still vor sich hinpaffte. Ab und zu legte er seinen Kopf tief in den Nacken und ließ seiner Kehle ein paar Rauchringe entweichen.

Was hatte er vor? Mareike schätzte ihre Möglichkeiten zur Flucht ab, verwarf diesen Gedanken jedoch sofort wieder. Gegen Christoph hätte sie keine Chance.

Ihr Schwager fing so unvermittelt wieder zu sprechen an, dass Mareike erschrocken zusammenfuhr.

„Wegen dir hab ich stundenlang im Knast gesessen."

„Was?" Mareike sah ihn irritiert an.

„Nun tu doch nicht so scheinheilig", fauchte er. „Du warst es doch, die mich bei den Bullen angekreidet hat."

„Aber…das stimmt doch gar nicht", widersprach sie halbherzig. Sie wusste, dass es egal war, was sie jetzt sagte. Er würde ihr sowieso nicht glauben, weil er ihr nicht glauben wollte.

„Und weil du so eine miese kleine Kröte bist, die nicht mal davor zurückschreckt, ihre eigene Familie ans Messer zu liefern, habe ich dir was mitgebracht", sagte er mit einem Grinsen und kramte einen Laptop aus der ledernen Tasche, die er bei sich trug.

„Was wird das?", fragte Mareike unsicher.

„Du hast meinem Bruder wehgetan", ging Christoph nicht auf ihre Frage ein und blies ihr diesmal den Zigarettenrauch ins Gesicht, den sie sogleich mit der Hand fortwedelte. „Anscheinend hast du vergessen, was ich dir bei der Hochzeit gesagt habe."

Als Mareike nicht antwortete, fügte er hinzu: „Wie schade, dass du nicht auf mich gehört hast."

Er öffnete den Deckel des Laptops und fuhr ihn hoch. „Lust auf ein bisschen Erotik?", fragte er breit grinsend.

Mareike raffte all ihren Mut zusammen und sagte mit erstaunlich fester Stimme: „Was soll das, Christoph? Lass Dirk und mich einfach in Ruhe. Unsere Ehe geht dich doch gar nichts an."

Hatte sie damit gerechnet, dass ihr Schwager auf diese Ansage hin einen seiner berüchtigten Ausraster bekommen würde, so sah sie sich getäuscht. Ganz im Gegenteil erwiderte er nur ruhig: „Dirk ist mein

Bruder. Da geht mich alles was an. Auch das solltest du inzwischen wissen."

„Hast – hast du – ich meine, das mit Miriam und Hinni, hast du das – arrangiert?", wagte Mareike einen weiteren Vorstoß, obwohl sie die Antwort schon zu kennen glaubte.

Diese Frage sorgte bei Christoph für einen Heiterkeitsausbruch, doch schon nach wenigen Augenblicken wurde er wieder ernst. „Glaub mir, liebste Schwägerin", grinste er sein schmieriges Grinsen, „das war nicht besonders schwer. Ich musste Miriam nur vorschlagen, bei Hinni mal einen unangemeldeten Hausbesuch zu machen, und da hatte sie ihn auch schon an der Angel. Der Typ fing richtig an zu sabbern, wenn er sie nur sah. Er konnte sie gar nicht oft genug buchen. Hat richtig Kohle in seine Geilheit investiert, der Wichser."

Christoph trat seine Zigarette auf dem Stallboden aus und zündete sogleich eine neue an. Dann sagte er: „Na ja, verwunderlich ist das ja nicht. Miriam ist eben eine Professionelle. Da kannst du mit deinem armseligen Rumgehure nicht mithalten."

„Du lügst!", krächzte Mareike. „Niemals hätte Hinni das gemacht. Hörst du! Niemals!" Das letzte Wort schrie sie mit so viel Kraft heraus, wie sie gerade noch in sich sammeln konnte.

Wieder lachte Christoph rau auf, und drehte ihr dann den Bildschirm seines Laptops zu.

„Was wird das?", wiederholte sie mit zittriger Stimme.

„Du willst Beweise?", fragte er mit einem süffisanten Grinsen. „Dann schnall dich an, liebste Schwägerin.

Denn das, was du jetzt siehst, wird dich lehren, nie wieder an meinen Worten zu zweifeln."

Christoph stand auf und setzte sich neben Mareike auf den Heuballen. Dann startete er das Videoprogramm.

Schon bei den ersten Bildern wollte Mareike ihren Kopf beiseite drehen, doch riss Christoph sie so fest an den Haaren zurück, dass sie vor Schmerz laut aufschrie. „Du guckst dahin", sagte er mit öliger Stimme, „es wird dir gefallen."

Er drückte den Startknopf, und schon im nächsten Moment verspürte Mareike einen so heftigen Brechreiz, dass sie meinte, sich auf der Stelle übergeben zu müssen.

„Du hast sie gefilmt", krächzte sie, als die ersten Bilder von Hinni und Miriam über den Bildschirm flimmerten. Er war splitternackt, während sie… Schnell wandte Mareike den Blick ab und schrie ihren Schwager an: „Du hast sie dabei gefilmt, du Schwein!"

Christoph schüttelte lachend den Kopf. „Ach was", erwiderte er betont lässig, „dafür brauchte Miriam mich nicht. Da ist sie Profi genug."

„Ihr habt ihn damit erpresst!"

„Wie naiv bist du denn, liebste Mareike?", säuselte Christoph, während er einen Krümel Tabak von seiner Zunge fischte und wegschnippte. „Womit denn, bitte schön, hätten wir diesen armseligen Bauern erpressen sollen? Er war schließlich ein unverheirateter Mann. Er wollte seinen Spaß haben, sonst nichts."

Für Mareike waren Christophs Worte wie Schläge in die Magengrube, denn sie wusste, dass er recht hatte. Sie musste wohl oder übel einsehen, dass Hinni die Stunden mit Miriam genossen hatte. So sehr genossen, dass er sie immer wieder gebucht hatte. Und diese Videos, von denen es anscheinend eine ganze Reihe gab, dienten nur einem einzigen Zweck: Ihr, Mareike, wehzutun. Ja, gewiss hatten Christoph und Miriam nur auf diesen Augenblick gewartet, in dem sie ihrer Schwägerin zeigen konnten, von wem sie sich am Nasenring durch die Arena hatte ziehen lassen.

„Hast du ihn umgebracht", fragte sie mit belegter Stimme, „oder war es Miriam?"

„Was spielt das jetzt noch für eine Rolle", stellte Christoph schulterzuckend fest, „er ist tot. So." Seine Stimme wurde um einiges schärfer, und wieder zog er sie mit Gewalt an den Haaren zurück. „Und nun stellst du keine Fragen mehr, du kleine Nutte, sondern guckst dir das hier an. Das ist für Dirk. Strafe muss sein."

Hatte Mareike aber geglaubt, dass es nun nicht mehr schlimmer kommen könne, wurde sie mit seinem nächsten Satz eines Besseren belehrt. Denn nun schob er ihr seine feuchtkalte Hand in den Nacken und flüsterte ihr ins Ohr: „Und danach gucken wir mal, was du von Miriam gelernt hast."

13

Das Aufzählen aller dringenden Termine und sonstigen Verpflichtungen hatte nichts geholfen: Susanne Büttner hatte ihrem Mann unmissverständlich klargemacht, dass er an diesem Nachmittag dafür zuständig sei, mit Hund Heinrich Gassi zu gehen. Schließlich seien sie und Jette schon seit langem für diesen Tag zum gemeinsamen Shopping in Bremen verabredet gewesen und das könne und wolle sie unmöglich absagen.

Auf Büttners Kommentar hin, davon wisse er nichts, und außerdem habe er einen Mordfall zu lösen, hatte sie nur lapidar geantwortet: „Es ist, wie es ist, David. Und fürs Gedächtnistraining gibt es ganz gute Software."

Also hatte sich Büttner gleich nach dem Mittagessen nicht nur Heinrich geschnappt, sondern auch seinen Assistenten Sebastian Hasenkrug dienstverpflichtet, mit ihm und dem Hund an die Knock zu fahren.

Man könne, so war es ihm bei der Wahl seines Ausflugziel durch den Kopf gegangen, nach dem Spaziergang ja noch in die an der Knock gelegene

Strandlust einkehren, um sich zur Belohnung einen Cappuccino zu gönnen – und, falls vorrätig, auch einen Windbeutel dazu.

Gemeinhin galt die Knock, der südwestlichste Landzipfel der Krummhörn, als die windigste Ecke Ostfrieslands. Doch an diesem Nachmittag präsentierte sie sich erstaunlich windstill. Unangenehm war lediglich der anhaltende Nieselregen, der sich mit längerem Aufenthalt an der frischen Luft auch durch die kleinste Ritze der Kleidung fraß.

Während Heinrich fröhlich kläffend ein paar Möwen hinterherjagte, zog Büttner fröstelnd seine Jacke fester um sich. Nach einer Viertelstunde Fußmarsch fühlte er sich wie einmal durch die Pfütze gezogen.

Neidisch schielte er auf Sebastian Hasenkrug, der sich auf seine Androhung hin, sie würden für eine Weile in der nasskalten Winterluft weiterermitteln, sein wetterfestes Ölzeug ins Auto gepackt und beim Aussteigen übergezogen hatte. Gerade legte er seinen Kopf in den Nacken und sog die salzige Nordseeluft tief in seine Lungen. „Hach", sagte er dann hörbar gut gelaunt, „das nenne ich mal einen anständigen Arbeitsplatz, Chef."

„Gott bewahre", knurrte Büttner. „Hätte ich mich tagtäglich im Freien aufhalten wollen, wäre ich Krabbenfischer geworden."

„Ich wünschte, wir hätten diesen Christoph Haitinga noch für eine Weile bei uns behalten können", seufzte Hasenkrug und kam damit auf ihren Fall zurück. „Wirklich schade, dass wir ihm nichts beweisen können.

Dabei bin ich mir ziemlich sicher, dass er der Mörder von Hinderk Eemken ist."

„Ein Arschloch ist nicht zwingend auch ein Mörder", wandte Büttner ein. „Ich kann diese Visage auch keine zwei Minuten ertragen, ohne das Gefühl zu haben, sie mal mit Schmackes auf die Tischplatte schmettern zu müssen. Dennoch sollten wir mit einer vorschnellen Festlegung auf ihn vorsichtig sein."

„Vieles spricht für ihn als Täter."

„Ja", antwortete Büttner während er ein Stöckchen aufnahm und es von sich wegschleuderte. Heinrich hatte anscheinend begriffen, dass er gegen die Möwen keine Chance hatte, und wollte es jetzt mit etwas weniger Mobilem versuchen. „Aber mein Bauchgefühl sagt mir, dass wir was übersehen haben."

„Gut möglich auch, dass die Schwester, diese Miriam, dahintersteckt", nickte Hasenkrug.

„Das meinte ich nicht. Die ganze Familie hat zweifelsohne einen totalen Hau. Dennoch glaube ich nicht daran, dass sie nur wegen einer Affäre der Schwägerin deren Lover aus der Welt schaffen. Zumindest nicht auf diesem Wege."

„Auf welchem Wege denn dann?"

„Schmerzvoller", antwortete Büttner. „Die Haitingas sind Menschen, die andere quälen oder mit anhaltendem Psychoterror in den Wahnsinn treiben. Ein sauberer Schuss ins Herz passt nicht zu ihnen. Ist zu wenig gemein."

Hasenkrug ließ die Worte seines Chefs für eine Weile sacken, dann erwiderte er: „Außer Dirk Haitinga vielleicht. Der hat nichts Sadistisches."

„Da haben Sie recht. Aber dennoch glaube ich nicht, dass er seinen Nebenbuhler von jetzt auf gleich um die Ecke bringt. So kaltschnäuzig ist der nicht."

„Immerhin hat er diesen Nebenbuhler schon mal krankenhausreif geprügelt", gab Hasenkrug zu bedenken.

„Ja. Aber er hat ihn nicht getötet."

„Wenn Sie meinen." Hasenkrug klang nicht überzeugt. „Ohne die Haitingas gehen uns die Verdächtigen aus."

„Hm." Büttner warf erneut ein Stöckchen. „Und es gibt wirklich keinerlei Beziehung zwischen dem Toten und dem Oberbürgermeister?", fragte er.

„Nein. Außer der, dass sie beide regelmäßig mit Miriam Haitinga…ähm…verkehrten."

„Da könnte gegebenenfalls ein Motiv zu finden sein", mutmaßte Büttner.

„Oberbürgermeister erschießt Bauern, weil sie auf dasselbe Callgirl abfahren? Kaum denkbar."

„Schade eigentlich."

„Aber irgendwer muss es doch gewesen sein!", rief Hasenkrug nach einem Moment des Schweigens beinahe verzweifelt aus.

„Da beweisen Sie ausnahmsweise mal Spürsinn", erwiderte Büttner und zog eine Grimasse. „Wenn jemand erschossen wurde, muss auch jemand der Schütze sein. Wow! Diese Erkenntnis wird zweifelsohne in die Annalen der Polizeiarbeit eingehen."

„Ich versuche nur, die Zusammenhänge zu erfassen", schmollte Hasenkrug.

„Und ich wüsste gerne, wohin dieser verdammte Oberbürgermeister und seine Geliebte sich abgesetzt haben. Vor allem wüsste ich gerne den Grund dafür."

„Wir haben seine Gattin vorgeladen, aber die hat behauptet, sie sei für die nächsten drei Tage nicht hier, sondern bei ihrer Schwester in Freiburg."

Büttner zog die Stirn in Falten. „Ihr Mann verschwindet spurlos und sie macht einen Ausflug ans andere Ende von Deutschland? Die scheint mir auch ein wenig gaga zu sein."

Hasenkrug zuckte die Schultern. „Ich habe ein wenig recherchiert und festgestellt, dass ihre Schwester Fachanwältin für Familienrecht ist. Die beiden sitzen sicher gerade bei einer Latte Macchiato vorm Taschenrechner und kalkulieren den Zugewinnausgleich."

„Könnte mir eher vorstellen, dass sie gemeinsam überlegen, wie sie den OB schnellstmöglich für tot erklären können", erwiderte Büttner. „So könnten sie auf den Zugewinnausgleich verzichten." Er schaute zu Heinrich hinab, der nun, seinen Stock im Maul, langsam neben ihnen herlief und immer wieder sein nasses Fell ausschüttelte. „Meinem Hund ist kalt", schlussfolgerte er, „wir sollten in die *Strandlust* gehen, damit er sich aufwärmen kann."

„Ooh jaaaaa", erwiderte Hasenkrug gedehnt, „nicht dass der arme Kerl noch mit einem Schnupfen das Bett hüten muss!"

„Sie sagen es, Hasenkrug, Sie sagen es!" Schnell machte Büttner auf dem Absatz kehrt und strebte seinem Windbeutel entgegen.

„War gar keine so schlechte Idee von meiner Frau, mir Heinrich heute zu überlassen", bemerkte Büttner schmatzend, als er wenig später zwar nicht vor einem Windbeutel saß – der war zu seinem Leidwesen gerade nicht im Angebot – sondern vor einem großen Stück Friesentorte nebst dampfendem Cappuccino. Heinrich lag zu seinen Füßen und schnarchte selig vor sich hin.

„Um noch mal auf den Oberbürgermeister zurückzukommen…", setzte Hasenkrug nach einem kräftigen Schluck Kaffee zu einer Erwiderung an, als er von einer durchdringenden Stimme unterbrochen wurde.

„Oh, Moin, Herr Kommissar! Sie schon wieder! Das ist jetzt aber mal `n Zufall, wa!?" Neben ihrem Tisch hatte sich ein Mann mit der Statur eines Schrankes aufgebaut und strahlte sie fröhlich an. Als Büttner nicht sofort reagierte, weil er gerade den Mund voller Torte hatte, fügte er hinzu: „Ich bin`s! Geert Uphoff! Wir haben uns erst neulich auf `m Maskenball gesehen, wissen Sie noch?" Er deutete auf die Küche. „Ich liefer hier immer das Fleisch, deswegen bin ich hier. Is `n guter Kunde."

Ungefragt zog sich der Metzger einen Stuhl zurecht, hängte seine tropfende Jacke über die Lehne und setzte sich zu ihnen. „Das ist jetzt aber mal `n Zufall, wa!?", wiederholte er, nachdem er sich mit seiner breiten Hand durch das nasse Haar gefahren war, welches nun in alle Richtungen abstand.

„Kann man sagen", nickte Büttner wenig begeistert. Als sein Assistent fragend von einem zum anderen blickte, sagte er: „Das ist Herr Uphoff. Wir trafen uns auf dem Maskenball wieder, nachdem ich ihn im Mordfall…ähm…also damals in Upleward als Zeugen befragt hatte."

„Ach so. Der Mordfall Rolf Wernicke. Ja. Ich war dabei", erinnerte sich Hasenkrug.

„Echt?", sagten Büttner und Uphoff wie aus einem Munde. Sie schienen Hasenkrugs damalige Anwesenheit tatsächlich vergessen zu haben.

„Wenn das mal kein Zufall ist, wa!?", strahlte Uphoff und klärte Hasenkrug überflüssigerweise auf: „Der Kommissar hat damals bei mir ein Steak gegessen. Hatte ich frisch gegrillt. Dazu gab`s Kartoffelsalat mit viel Mayonnaise. Frisch gemacht von meiner Frau. Junge, Junge!" Er hieb Büttner anerkennend seine Pranke auf die Schulter. „Essen kann der ja, der Kommissar! Wollte gleich noch `ne zweite Portion haben."

„Warum wundert mich das jetzt nicht?", bemerkte Hasenkrug trocken.

„Oh, du bist ja auch da!" Metzger Uphoff hatte Heinrich unter dem Tisch bemerkt und strich ihm über das Fell. „Ist auch ein guter Esser, der Hund. Aber, wie der Herr, so das Gescherr, wa?", lachte er dröhnend.

„Haben Sie etwas von dem Mord mitbekommen?", lenkte Büttner schnell vom Thema ab, als Hasenkrug zu einer Erwiderung ansetzte. „Auf dem Silvesterball, meine ich."

„Sie meinen den, wo der Vampir bei draufging?", fragte Uphoff und strahlte immer noch über das ganze Gesicht. Er gab der Bedienung einen Wink, ihm auch einen Kaffee zu bringen.

„Genau. Oder waren Sie zu diesem Zeitpunkt schon gegangen?"

„Nee, nee.", winkte Geert Uphoff ab. „Alles gut. Hab alles mitgekriegt."

„Was genau haben Sie denn mitgekriegt?"

„Na, das ganze Drumherum eben. War ja auf einmal mächtig was los, so mit Polizei und so. Hab noch zu Sabine, was meine Frau ist, gesagt, dass das ja nun keine schöne Sache ist, einfach so an Silvester plötzlich tot zu sein. Da freut man sich auf das neue Jahr und dann so was. Aber was willst dran tun. Mallör sit up `n lüttjen Stäe[2]."

„Haben Sie den Toten gekannt? So von Metzger zu Landwirt, meine ich."

„Jo. Aber nicht so richtig gut. Meist hat Hinni ja woanners hingeliefert. Also sein Schlachtvieh, meine ich."

„Sie können sich aber auch nicht vorstellen, wer ein Motiv gehabt haben könnte, ihn umzubringen?", fragte Hasenkrug.

Der Metzger nahm von der Bedienung seinen Kaffee entgegen und gönnte sich einen kräftigen Schluck. Es schien ihm nichts auszumachen, dass dieser noch heiß war. „Nee. Wer soll so was schon tun", sagte er dann. „Obwohl…"

„Obwohl?", fragten nun Büttner und Hasenkrug wie aus einem Munde und beugten sich interessiert vor.

---

2 Plattdeutsches Sprichwort: Das Unglück sitzt auf einer kleinen Stelle

Geert Uphoff wiegte den Kopf hin und her. „Na ja, ich hab da ja nun schon öfter mal drüber nachgedacht, über die Sache. Ich mein, da macht man sich ja schon so seine Gedanken, wenn jemand so tot vor einem liegt."

„Durchaus", nickte Büttner.

„Ja. Und da hab ich mich dann gefracht, ob es Hinni wohl auch erwischt hätte, wenn er noch der Weihnachtsmann gewesen wäre und nicht der Vampir. Ich mein, wer erschießt denn wohl den Weihnachtsmann!? Das macht doch nun wirklich keiner. Das gehört sich einfach nicht."

Büttner sah den Metzger aus zusammengekniffenen Augen an. „Sie sagten *wenn er noch der Weihnachtsmann gewesen wäre*. Was genau meinen Sie damit?"

„Na ja. Als Hinni kam, da hatte er noch das Weihnachtsmannkostüm an. Das hat er dann mit dem Kerl...äh...wie heißt der denn auch noch?" Geert Uphoff schnippte auf der Suche nach dem Namen mit den Fingern. „Na, der olle Bürgermeister. Nu komm ich doch nicht drauf."

„Sie meinen Oberbürgermeister Remmer de Boer?", fragte Büttner und spürte, wie sein Herz schneller anfing zu schlagen.

„Ja. Genau. Remmer. Weiß gar nicht, warum ich den Namen immer vergesse. Ist doch mit mir in die Schule gegangen, der Kerl. War schon damals so schmierig."

„Heißt das, Hinderk Eemken hat an diesem Abend mit Remmer de Boer das Kostüm getauscht?", hakte Hasenkrug nach und warf seinem Chef einen bedeutungsvollen Blick zu.

„Ja. Gleich zu Anfang. Hab noch gehört, dass Remmers Frau – also die, die nicht seine Frau ist, sondern die andere, die er immer mitnimmt – dass die zu ihm sachte, dass sie das Kostüm vom Weihnachtsmann für später viel…ähm…sexyer…oder wie das heißt, findet. Da ist Remmer dann zu Hinni und hat ihm sein Kostüm abgequatscht. Und als die später aus der Toilette kamen, war es eben genau umgekehrt. Remmer war der Weihnachtsmann und Hinni war…"

„Der Vampir", beendete Büttner nachdenklich den Satz. Er dachte noch ein paar Momente über das Gehörte nach und erhob sich dann so schnell von seinem Platz, dass er an den Tisch stieß und das Geschirr beunruhigend laut schepperte.

Auch Hasenkrug war schon aufgesprungen und zog sich seine Jacke an.

„Nu haben Sie`s ja plötzlich so eilig", stellte Geert Uphoff fest und sah erstaunt zu den beiden auf.

„Ja. Die Arbeit ruft", antwortete Büttner und schmiss einen Geldschein auf den Tisch. „War sehr aufschlussreich, mit Ihnen zu plaudern, Herr Uphoff. Wirklich sehr aufschlussreich." Er hob kurz seine Hand zum Gruß und ging dann eiligen Schrittes hinter Hasenkrug zur Tür hinaus, während Heinrich ihnen kläffend um die Beine sprang.

14

„Denken Sie das, was ich denke?", fragte Büttner seinen Assistenten, als sie wenig später im Auto saßen und Richtung Kommissariat fuhren.

„Wenn Sie denken, dass eigentlich der Oberbürgermeister das Opfer hätte sein sollen und nicht Hinderk Eemken, dann denke ich das, was Sie denken, Chef", antwortete Hasenkrug.

„Da frage ich mich nur, warum bisher keiner der Zeugen einen entsprechenden Hinweis gegeben hat. Wenn dieser Metzger von dem Kostümtausch wusste, haben es doch sicherlich auch noch andere mitbekommen."

„Das weiß man nicht. Wer achtet schon auf so was, wenn es für ihn nicht von Belang ist."

Büttner schwieg eine Weile und starrte angestrengt in die einsetzende Dämmerung hinaus, die das Autofahren bei diesem Wetter nicht gerade zum Vergnügen machte. „Wir müssen jetzt mehrere Dinge klären", stellte er dann fest. „Erstens müssen wir herausfinden, ob diese Verwechslungskomödie, die schließlich zur Verwechslungstragödie wurde, von irgendwem geplant war oder ob sie aus einer spontanen Eingebung heraus erfolgt ist."

„In letzterem Fall wäre es einfach nur Pech für Hinderk Eemken gewesen, dass er für einen anderen hat sterben müssen."

„So ist es. Allerdings glaube ich nicht ganz daran. Wäre ein bisschen zu viel Pech, wenn Sie mich fragen. Die zweite Möglichkeit ist, dass jemand, der von den Mordplänen wusste, es ganz bewusst zu diesem Kostümtausch hat kommen lassen, um den Oberbürgermeister im wahrsten Sinne des Wortes aus der Schusslinie zu nehmen."

„Das hieße ja, dass dieser Jemand – eigentlich kommt da ja nur Miriam Haitinga infrage – den Tod von Hinderk Eemken, einem ganz und gar Unschuldigen also, ganz bewusst in Kauf genommen hat." Hasenkrug schüttelte sich, als wäre ihm plötzlich kalt. „Eine solche Niedertracht möchte man sich gar nicht vorstellen."

„Auf jeden Fall können wir davon ausgehen, dass Miriam Haitinga nicht die Mörderin ist", behauptete Büttner. „Denn wenn sie die Absicht hatte, Hinderk Eemken zu töten, dann hätte sie den Kostümtausch nicht arrangieren müssen. Als echte Haitinga hätte sie zweifelsohne keine Skrupel gehabt, auf den Weihnachtsmann zu schießen. Und außerdem hatte ich ja schon mal festgestellt, dass ein einfacher Schuss ins Herz bestimmt nicht ihre Sache wäre."

„Alles Spekulation", erwiderte Hasenkrug. „Die Antwort darauf, wie es wirklich war, können uns wohl nur die Beteiligten geben."

„Richtig. Und die sind allesamt entweder tot oder verschwunden." Büttner schaute seinen Assistenten an und fragte: „Gibt es denn irgendwelche Reaktionen auf den Fahndungsaufruf nach dem OB und seiner Flamme?"

Hasenkrug schüttelte den Kopf. „Nichts Erhellendes. Nur der übliche Mist, der Arbeitskraft bindet und Zeit und Nerven kostet, aber zu nichts führt."

„Hm." Büttner fädelte seinen Wagen in den zu dieser Zeit dichten Emder Stadtverkehr ein. „Wir müssen uns jetzt für irgendeine Strategie entscheiden. Und daher fahren wir jetzt einfach mal zum Haus des Oberbürgermeisters und sehen uns da ein wenig um."

„Es ist doch niemand da", wandte Hasenkrug ein.

„Das sehen wir dann", knurrte Büttner. „Mein Gefühl sagt mir, dass die Frau des Oberbürgermeisters bei all dem ihre Finger im Spiel hat. Wir hätten ihrem schrägen Verhalten von Anfang an mehr Beachtung schenken sollen. Womöglich war es ein fataler Fehler, sich nur auf die Familie Haitinga zu konzentrieren."

„Ein fataler Fehler?" Hasenkrug sah seinen Chef prüfend an. „Sie meinen…?"

„Genau", schnitt ihm Büttner das Wort ab. „Womöglich hat der Mörder inzwischen das zu Ende gebracht, was er ursprünglich geplant hatte: Den Mord an Remmer de Boer."

Hasenkrug wollte gerade etwas darauf erwidern, als sein Smartphone anfing zu schrillen. „Ja, Frau Weniger?", meldete er sich im nächsten Moment. „Was sagen Sie da?…Auf dem Hof von Hinderk Eemken?…

Ja, wir fahren sofort hin. Schicken Sie bitte ein paar Einsatzwagen hinter uns her. Und sagen Sie Dirk Haitinga, dass er auf keinen Fall auf eigene Faust etwas unternehmen soll…ja, danke."

Büttner hatte den Wagen bereits gewendet und fragte: „Was ist da nun schon wieder los?"

„Es gab einen Notruf von Dirk Haitinga. Angeblich hat sein Bruder Christoph Mareike in seiner Gewalt."

Büttner stieß einen Fluch aus und sagte: „Wenn es tatsächlich so ist, dann sorge ich persönlich dafür, dass dieses Arschloch diesmal in den Knast wandert. Dieser elenden Bagage gehört endlich mal eins übergebraten."

„Was ist jetzt mit dem Besuch bei Oberbürgermeisters?", wollte Hasenkrug wissen.

„Schicken Sie ein paar Kollegen hin. Sie sollen sich Zutritt verschaffen, egal wie. Und dann sollen sie alles auf den Kopf stellen. Vielleicht findet sich ja irgendwo frisch gegossener Beton, in dem man den OB nebst Gespielin hat verschwinden lassen."

„Sie gucken zu viele Krimis, Chef", schmunzelte Hasenkrug, um dann ernst hinzuzufügen: „Und mit welcher Begründung stöbern wir ohne Durchsuchungsbeschluss da herum?"

„Gefahr im Verzug", brummte Büttner. „Irgendwie werde ich es dem Richter hinterher schon beibiegen."

15

Dirk Haitinga stand unschlüssig vor dem Stalltor und überlegte, was er nun tun sollte. Diese Frau Weniger hatte ihm soeben unmissverständlich zu verstehen gegeben, dass er auf die Polizei warten solle, bevor er etwas unternahm. Mareikes Schreie jedoch ließen ihm das Blut in den Adern gefrieren, und alles in ihm verlangte danach, hineinzurennen und sie aus den Klauen seines Bruders zu befreien.

Aber wäre das klug? Schließlich hatte er keine Ahnung, ob Christoph eine Waffe bei sich trug. Er hatte durch einen Spalt im Tor gelinst und versucht, es herauszubekommen. Aber er hatte lediglich anhand sich bewegender Schatten erahnen können, wo genau die beiden sich aufhielten – wusste jedoch nicht einmal zu sagen, ob es sich bei diesen Schatten womöglich um die der Kühe handelte.

Auch hatte er längst versucht, unbemerkt in den Stall zu gelangen, doch waren alle Zugänge verschlossen. Und wenn er hineingekommen wäre und sich seinem Bruder entgegenstellte? Würde Christoph dann von Mareike ablassen? Wohl kaum. Vermutlich würde er sogar keinerlei Skrupel haben, auf seinen Bruder zu schießen. Damit wäre Mareike ganz gewiss nicht geholfen.

Dirk atmete tief durch. Oder war es nicht vielmehr so, schlich sich ein quälender Gedanke in seinen Kopf, dass er einfach nur ein elendiger Feigling war? Hätte nicht jeder andere Mann längst etwas unternommen, wenn seine Frau da drinnen misshandelt wurde, auch wenn er dadurch selbst in Gefahr geriet?

Nach wie vor war er davon überzeugt, dass es Christoph war, der Hinni auf dem Gewissen hatte. Schon seit dem Silvesterball versuchte er herauszufinden, ob womöglich auch seine Schwester Miriam an dem Mord beteiligt gewesen war. Aber die war wie vom Erdboden verschluckt. Nicht mal in ihrer Agentur hatte sie sich abgemeldet.

Heute dann hatte er beschlossen, noch mal mit Mareike zu reden. Er konnte nicht zulassen, dass sie ihn verließ. Doch noch hatte sie ihm auf seine Frage, ob sie bei ihm bleibe, keine Antwort gegeben.

Den ganzen Tag hatte er vor sich hingegrübelt und nichts zustande gebracht. Als ihn gegen Nachmittag das zugleich unbestimmte und doch so konkrete Gefühl beschlich, Mareike könne in Gefahr sein, hatte ihn nichts mehr auf seinem Stuhl gehalten, und er war zum Hof hinausgefahren, wo er seine schlimmsten Befürchtungen bestätigt fand.

Am ganzen Leib vor Kälte und Wut zitternd, suchte Dirk die Weite der Landschaft ab, in der Hoffnung, irgendwo vielleicht schon das erste Blaulicht aufleuchten zu sehen. Aber da war nichts. Absolut nichts. Und wenn er realistisch war, dann konnte da auch noch gar nichts sein, denn dieser Hof lag viel zu abgelegen, als dass ihn die Polizeiwagen in so kurzer Zeit erreichen könnten.

Er zuckte zusammen, als wieder ein gellender Schrei aus dem Stall zu ihm herüberklang. Dann das raue Auflachen seines Bruders und dessen Stimme die sagte: „Na, du Schlampe, gefällt dir, was ich mit dir mache?"

Dirk ballte die Hände zu Fäusten. Aus seiner Mimik sprach nun blanker Hass. „Nun geh schon rein, du erbärmlicher Feigling", zischte er sich selber zu, „verdammt noch mal, geh da jetzt rein!"

Er wusste später nicht zu sagen, woher er plötzlich den Mut nahm, bei Mareikes nächstem Schrei einfach Anlauf zu nehmen und sich mit seinem ganzen Gewicht so lange gegen eine in das Stalltor eingelassene Tür zu werfen, bis deren Scharniere schließlich unter lautem Knirschen nachgaben.

Plötzlich aber fand er sich liegend in einem Haufen erbärmlich stinkender Grassilage wieder. Seine Schulter schmerzte wie tausend Höllenfeuer, er konnte sie kaum bewegen.

Mit schmerverzerrtem Gesicht versuchte er sich aufzurappeln, doch gerade, als er sich endgültig von den Knien in eine aufrechte Position begeben wollte, fiel ein Schatten auf sein Gesicht.

„Oh, liebste Mareike", rief Christophs vor Spott triefende Stimme, „du glaubst ja nicht, wer uns die Ehre seines Besuches gibt. Es ist dein edler Held und Ritter. Man nennt ihn auch Dirk Löwenherz!"

Aus einem der Nebenräume war anstatt einer Antwort lediglich ein leises Wimmern zu hören.

„Was hast du mit ihr gemacht, du Schwein!", schrie Dirk blind vor Wut aus sich heraus und funkelte seinen Bruder aus blitzenden Augen an.

Als Christoph daraufhin nur ein gehässiges Lachen von sich gab, sprang Dirk trotz seiner höllischen Schmerzen mit einem Sprung auf, und schrie ihm jedes Wort einzeln ins Gesicht: „Was. Hast. Du. Mit. Meiner. Frau. Gemacht?"

„Ach herrje, hast du dir wehgetan?", säuselte Christoph, als er sah, dass Dirk den verletzten Arm vor seinem Körper anwinkelte und ihn vor dem Bauch an sich drückte. Und noch ehe Dirk sich`s versah, hatte Christoph ihn bei genau diesem Arm gepackt und drehte ihn mit einer einzigen kräftigen Bewegung auf den Rücken.

In Dirks Ohren klang sein eigener Schmerzensschrei wie das Aufheulen eines verletzten Wolfes, und er spürte, wie ihm schwarz vor Augen wurde.

„Dirk?", hörte er Mareikes kraftlose Stimme aus der Ferne. „Dirk? Was ist mit dir?"

„Oh, das tut mir leid, Mareike, aber ich musste ihm leider wehtun. Aber glaub mir, er hat geradezu darum gebettelt. Genau wie du. Ihr scheint es beide auf die harte Art zu mögen."

„Lass sie in Ruhe, du Schwein!", zischte Dirk, doch er merkte selbst, dass sein hilfloses Aufbäumen einfach nur lächerlich wirkte.

„Was sagtest du?" Christoph beugte sein Ohr zum Mund seines Bruders hinab. „Du würdest gerne zusehen, während ich mich mit deiner Frau vergnüge?

Aber sicher doch. Wenn dies dein Wunsch ist, erfülle ich ihn dir natürlich gerne."

Mit brutaler Gewalt stieß er seinen durch den verdrehten Arm gebückt laufenden Bruder vor sich her, mit dem Ergebnis, dass Dirk blind vor Schmerzen in die Knie ging, als Christoph ihn schließlich losließ und von sich stieß.

Als Dirk Sekunden später die Augen aufschlug, wünschte er sich, tatsächlich mit Blindheit geschlagen zu sein. So aber brannte sich der fürchterliche Anblick seiner im wahrsten Sinne gemarterten Frau so tief in seine Netzhaut ein, dass er diesen für den Rest seines Lebens nicht vergessen würde.

Mareike hing halb sitzend, halb liegend an einem der Futtergitter. Ihre Hände steckten in einer der Eisenketten, mit denen gemeinhin die Kühe angebunden wurden, und waren über ihrem Kopf an einer Querstange des Gitters befestigt. Augenscheinlich hatte Christoph ihr Schmerzen zugefügt, denn ihre Unterarme waren von Hämatomen übersät. Ihre vergeblichen Versuche, sich von den Fesseln zu befreien, hatten tiefe Verletzungen an Händen und Handgelenken hinterlassen. Auch vermochte Dirk nicht zu sagen, was Christoph mit ihrem Gesicht gemacht hatte, aber es wirkte auf beinahe gruselige Art geschwollen.

Christoph lachte, als er den zugleich erschrockenen wie wütenden Gesichtsausdruck seines Bruders sah und sagte dann an Mareike gewandt: „So, mein Schätzchen, wo waren wir stehen geblieben? Wollen wir dem lieben Dirk jetzt mal zeigen, was wahre Liebe ist?"

Als er im nächsten Moment Mareikes Beine packte und diese brutal auseinanderzog, heulte sie vor Schmerzen laut auf. „Bitte nicht", flehte sie mit zittriger Stimme, „bitte nicht."

Doch Christoph ließ sich nicht beirren, sondern fingerte jetzt erregt keuchend an dem Gürtel ihrer Jeans herum.

Es sollte die letzte Schandtat bleiben, die Christoph Haitinga in seinem Leben beging, denn schon im nächsten Moment sauste eine schwere Eisenstange auf ihn nieder und zertrümmerte seinen Schädel.

Es war genau der Moment, als Büttner und Hasenkrug gefolgt von einigen Kollegen den Stall betraten und nur Sekunden später erschrocken nach Luft japsten, als sie erkannten, dass sie ganz offensichtlich zu spät gekommen waren.

16

„Dürften wir erfahren, was hier los ist?" Büttner sah mit finsterem Blick in die Runde.

Gleich nachdem sie die auf unterschiedliche Art geschundenen Körper der drei Haitingas gefunden hatten, hatten er und Hasenkrug alles Weitere den Kollegen von Polizei und Rettungsdienst überlassen und waren nach einem Anruf aus dem Kommissariat zum Haus des Oberbürgermeisters gefahren. In dieser Situation mit den Verletzten zu reden, hätte sowieso wenig Sinn gemacht, so die realistische Einschätzung des Hauptkommissars, das ließ sich später immer noch nachholen.

Nun also standen sie im Wohnzimmer des Stadtoberhauptes, in dem sich außer ihnen Remmer de Boer sowie seine Frau Brigitte und Miriam Haitinga aufhielten.

Eigentlich hatten die in das Haus eindringenden Polizisten angenommen, dass sie dieses Anwesen verlassen vorfinden würden, so wie es ihnen im Vorfeld des Einsatzes mitgeteilt worden war. Umso erstaunter waren sie gewesen, als sie bereits in der Diele auf Brigitte de Boer trafen, die ihnen aus großen Augen

ungläubig entgegensah. Unter allen möglichen
Verwünschungen und Drohungen hatte sie versucht,
das nun Unvermeidliche abzuwehren. Doch hatten
sich die Polizisten nicht von ihren verbalen Ausfällen
beeindrucken lassen, sondern umgehend jede einzelne
Etage auf den Kopf gestellt. Im Souterrain schließlich
waren sie auf den Partykeller gestoßen, dessen
verschlossene Tür unüberhörbar mit Faustschlägen
traktiert wurde, während eine Frauen- und eine
Männerstimme um Hilfe riefen.

Büttner musterte die Anwesenden mit kritischem
Blick. Das Ehepaar sah nach den ungewohnten Strapazen
der letzten Tage reichlich mitgenommen aus, doch
Miriam schien ihre Situation aus irgendeinem Grunde
amüsant zu finden und grinste den Polizeibeamten
frech ins Gesicht. „Na, da bin ich aber mal froh, dass Sie
anscheinend doch was von Ihrem Job verstehen", sagte
sie in einem ähnlich überheblichen Tonfall, wie ihn
ihr Bruder Christoph an den Tag zu legen pflegte. „Ich
dachte schon, Sie würden uns in diesem verdammten
Partykeller verrecken lassen. Übrigens", rümpfte sie
im nächsten Moment angeekelt die Nase, „Sie müffeln
nach Kuhstall."

„Mir ist es ganz egal, wer von Ihnen mir die Ereignisse
der letzten Tage erläutert", presste Büttner hörbar
angespannt zwischen seinen Lippen hervor, nachdem
er beschlossen hatte, die Bemerkung von Miriam
Haitinga zu ignorieren. Der Anblick dieser hämisch
grinsenden Frau machte ihn so aggressiv, dass er sie
am liebsten am Schlafittchen gepackt und geschüttelt
hätte. „Aber eines kann ich Ihnen versichern", fuhr er

fort: „Wenn hier auch nur einer von Ihnen querschießt oder glaubt, hier blöde Sprüche klopfen zu können, dann hat er sich geschnitten. Denn dann werde ich ganz persönlich dafür sorgen, dass der- oder diejenige mindestens für die nächsten achtundvierzig Stunden kostenlos Kost und Logis genießen kann."

„Hui, jetzt habe ich aber Angst", zwitscherte Miriam, leckte sich lasziv über die Lippen und sah Büttner herausfordernd an.

„Abführen!", sagte der betont ruhig zu einer an der Tür wartenden Kollegin und deutete auf die junge Frau, die nach wie vor ihr freizügiges Kostüm vom Silvesterball trug. „Die Dame steht unter dringendem Tatverdacht, in der Silvesternacht den Landwirt Hinderk Eemken ermordet zu haben. Klären Sie sie über ihre Rechte auf."

Mit dieser konsequenten Reaktion hatte Miriam anscheinend nicht gerechnet, denn sie starrte Büttner nun mit offenem Mund perplex an. „Das – das dürfen Sie nicht", stammelte sie schließlich, als eine Polizistin sie unter dem Arm fasste und abführte. „Ich – ich habe damit nichts zu tun. Ich habe Hinni nicht umgebracht. Und ich konnte doch nicht ahnen, dass Brigitte…"

„Halten Sie einfach Ihre Klappe", unterbrach Büttner sie barsch, „wir unterhalten uns später auf dem Kommissariat. Ach übrigens, was ich Ihnen noch sagen wollte", rief er hinter ihr her, als sie schon durch die Tür gegangen war, „Ihr Bruder Christoph ist tot. Erschlagen von Ihrem Bruder Dirk. Sie sind mir wirklich eine nette Familie."

Alles, was Büttner daraufhin noch von Miriam zu hören bekam, war ein erstickter Schrei, den er mit einer gewissen Genugtuung zur Kenntnis nahm.

„So, und jetzt zu Ihnen", wandte er sich an das nach dieser Aktion sichtlich verstörte Ehepaar de Boer und warf nebenbei einen Blick auf die Uhr. „Ich habe nicht viel Zeit, denn meine Frau und ich erwarten Gäste zum Abendessen. Also wäre ich Ihnen dankbar, wenn Sie rasch das sagen, was Sie zu sagen haben. Ansonsten müssten auch Sie die Nacht in einer unserer Zellen verbringen und wir würden uns morgen unterhalten. Sie haben die Wahl."

„Meine Frau wollte mich umbringen", sagte Remmer de Boer prompt und warf ihr einen halb feindseligen, halb triumphierenden Blick zu. Auch er hatte sein Kostüm noch an, lediglich der rote Mantel des Weihnachtsmanns fehlte.

„Aha. Das ist offensichtlich fehlgeschlagen", erwiderte Büttner. Er setzte sich auf einen Stuhl am Esstisch und trommelte mit den Fingern auf die Tischplatte. „An Ihrer statt musste ein anderer, völlig unschuldiger Mann sein Leben lassen. Irgendeine Idee, wie das passieren konnte, Frau de Boer?"

„Ich hatte doch keine Ahnung, dass Remmer sein Kostüm getauscht hat", sagte sie, als würde das irgendetwas entschuldigen. „Niemals hätte ich doch auf den Vampir geschossen, wenn ich gewusst hätte…" Sie verstummte abrupt und schien plötzlich in sich zusammenzufallen wie ein Hefeteig.

Mit ihrem bleichen Gesicht und den in tiefen Höhlen liegenden, rotgeäderten Augen sah sie wirklich erbärmlich aus. Aber Büttner war weit davon entfernt, Mitleid mit ihr zu empfinden.

„Hatten Sie denn eine Ahnung davon, dass Ihre Frau kommen würde, um Sie zu erschießen?", wollte Büttner vom Oberbürgermeister wissen. „Oder warum kamen Sie plötzlich auf die Idee, sich als Weihnachtsmann statt als Vampir zu kleiden?"

„Miriam hatte mich gewarnt", antwortete Remmer de Boer. „Sie hatte über Umwege erfahren, dass Brigitte auf dem Silvesterball auftauchen würde. Irgendjemand hatte ihr gesteckt, dass Brigitte plane, mich wegen meiner Weibergeschichten vor der ganzen Gesellschaft bloßzustellen. Also haben wir uns gedacht, dass es ganz lustig werden könne, wenn sie sich statt an mir an dem nichtsahnenden Hinni abarbeiten würde. Auf diese Art wäre letztlich nicht ich blamiert, sondern sie."

„Was für ein überaus erwachsen klingender und lustiger Plan", erwiderte Büttner, und seine Stimme triefte vor Sarkasmus.

Der OB fuhr sich müde über die Augen, bevor er sagte: „Ich konnte doch nicht ahnen, dass sie plante, mich umzubringen." Er hob seinen Blick und sah Büttner fast flehend an: „Sagen Sie mir, Herr Kommissar, wer kann denn so was ahnen?"

„In diesem Leben gibt es keine Intrige, die es nicht gibt", stellte Büttner schulterzuckend fest. „Als Politiker sollten Sie das eigentlich wissen."

„Was hätten Sie denn getan, wenn Sie gewusst hätten, was Ihre Frau vorhat?", mischte sich Hasenkrug erstmals ins Gespräch.

„Was sollte ich dann schon gemacht haben, Herr Hasenpflug", antwortete der Oberbürgermeister, „ich…"

„Krug. Mein Name ist Hasenkrug."

„Ja. Also, ich hätte natürlich die Polizei alarmiert, und die hätten Brigitte gleich am Eingang der Nordseehalle verhaften können."

„Aha." Büttner warf erneut einen Blick auf die Uhr und wandte sich an die Gattin. „Und Sie, Frau de Boer, was können Sie uns zu Ihrem Mordmotiv erzählen?"

„Remmer ist ein Schwein", sagte sie kraftlos. „All die Jahre hat er mich behandelt wie ein Stück Dreck. In aller Öffentlichkeit hat er mich gedemütigt mit all seinen Weibergeschichten. Eine alte, runzlige Kuh hat er mich genannt, und das nicht nur, wenn wir alleine waren. Und das war noch eine von den netteren Ausdrücken, die er für mich bereithielt. Ich war es einfach leid."

„Und da erschien es Ihnen lukrativer, Ihren Mann um die Ecke zu bringen, als sich von ihm scheiden zu lassen." Büttner schob die Lippen vor und nickte. „Verstehe ich. Schließlich muss man sich ja Gedanken machen, wie man seinen gewohnten Lebensstil auch ohne das Einkommen des lieben Gatten aufrechterhalten kann."

„Wie haben Sie es eigentlich geschafft, Ihren Mann und Miriam Haitinga in dieses Haus zu locken und sie dann auch noch hier festzusetzen?", wollte nun Hasenkrug wissen.

„Die waren doch beide so besoffen, dass sie nichts mehr gerafft haben", zuckte Brigitte de Boer die Schultern. „Also habe ich, nachdem ich meinen

Fehler bemerkt hatte, einfach einen Taxifahrer zur Nordseehalle geschickt und gesagt, er solle sie hier absetzen. Der hat sie dann sogar in den Partykeller unten im Souterrain geschleppt, nachdem ich ihm ein gutes Trinkgeld gegeben hatte. Dort konnten sie sich wenigstens nicht bemerkbar machen."

„Warum hat dieser Taxifahrer dann nicht auf unseren Fahndungsaufruf reagiert?", wunderte sich Büttner.

„Das wollte er ja. Vor wenigen Stunden stand er hier vor der Tür und hat entsprechende Andeutungen gemacht. Ich hab das Trinkgeld daraufhin noch mal um ein paar Tausender aufgestockt."

„Ja", nickte Büttner. „Auch das klingt logisch. Bekanntlich ist ja auch Bestechlichkeit in Ihren Kreisen eher üblich. Schade nur für den Taxifahrer, denn wir werden vermutlich keine Probleme damit haben, ihn ausfindig zu machen."

„Was hätten Sie denn eigentlich mit Ihrem Mann gemacht, jetzt, da er unbequemerweise lebend ins neue Jahr gekommen ist?", fragte Hasenkrug.

„Ich weiß es nicht." Brigitte de Boer zuckte die Schultern und blickte Hasenkrug an, als könne der ihr einen Lösungsvorschlag für dieses Problem unterbreiten.

„Sie war zu feige, uns von Angesicht zu Angesicht zu erschießen", bemerkte Remmer de Boer mit einem abfälligen Grinsen in Richtung seiner Frau. „Vermutlich hätte sie uns irgendwann verdursten lassen oder vergiftet und uns dann bei Nacht und Nebel im Garten verbuddelt."

„Ich bin kein Unmensch, Herr Kommissar", sagte Brigitte de Boer weinerlich. „Aber was zu viel ist, ist zu viel. Ich wollte mich einfach nicht mehr derart demütigen lassen. Das verstehen Sie doch?"

„Es nützt Ihnen überhaupt nichts, wenn ich es verstehe", erwiderte Büttner und schloss nach einem Blick auf die Uhr den Reißverschluss seiner Jacke, die, wie er jetzt feststellte, tatsächlich unangenehm nach Kuhstall roch. „Sparen Sie sich Ihren ebenso flehenden wie falschen Dackelblick für den Richter auf. Mir ist nämlich zu Ohren gekommen, dass sein Berufsstand gemeinhin wenig Verständnis für Mörder aufbringt. Es wird also ein hartes Stück Arbeit, ihn von der Notwendigkeit eines Gattenmordes zu überzeugen – zumal das Opfer des ganzen Spektakels nun ja noch nicht mal der werte Herr Gatte, sondern ein an Ihrem Ehedrama völlig Unbeteiligter war."

Mit einem kurzen Fingerzeig bedeutete Büttner seiner Kollegin, nun auch Brigitte de Boer abzuführen. Dann machte er sich schnellstmöglich auf den Weg nach Hause, wo seine Frau Susanne zwar nicht mit irgendwelchen Gästen, dafür aber mit einer hoffentlich herrlich fetten Schweinshaxe auf ihn wartete.

ENDE

Liebe Leserin, lieber Leser,

ich freue mich sehr, dass Sie „Maskenmord"
als Lektüre ausgewählt haben und hoffe, dass ich
Ihnen mit dieser Geschichte ein paar angenehme
Stunden bereiten konnte. In diesem Fall würde ich
mich über eine Rezension oder ein Feedback auf
meiner Homepage (www.elke-bergsma.de) oder per
E-Mail (mail@elke-bergsma.de) sehr freuen. Sollten
Sie Lust haben, mehr von Büttner und Hasenkrug
zu lesen, darf ich Ihnen an dieser Stelle meine elf
weitere Ostfrieslandkrimis ans Herz legen, die vor
„Maskenmord" in dieser Reihenfolge erschienen sind:

„Windbruch", Ostfrieslandkrimi
„Das Teekomplott", Ostfrieslandkrimi
„Lustakkorde", Ostfrieslandkrimi
„Tödliche Saat", Ostfrieslandkrimi
„Dat witte Lücht", Ostfriesland-Kurzkrimi
„Puppenblut", Ostfrieslandkrimi
„Stumme Tränen", Ostfrieslandkrimi
„Schweigende Schuld", Ostfrieslandkrimi
„Fluchträume", Ostfrieslandkrimi
„Brandwunden", Ostfrieslandkrimi
„Strandboten", Ostfrieslandkrimi

Printed in Great Britain
by Amazon